In 80 Tagen um die Welt

Jules Verne

In 80 Tagen um die Welt

Nacherzählt von
Max Kruse

Illustriert von
Charlotte Panowsky

Annette Betz Verlag

Inhalt

Ein Herr und ein Diener

Es war ein grauer, nebliger Oktobertag in London. Es nieselte in feinen Schleiern. Nichts deutete an diesem Morgen darauf hin, daß heute noch eine der aufregendsten Reisen beginnen sollte, die jemals zwei Menschen um die Welt geführt hatte – bis zu dieser Stunde: eine Reise um die Welt in 80 Tagen. Auch Mister Phileas Fogg ahnte noch nichts von seinem späteren Entschluß.

Nun muß man wissen, daß man das Jahr 1872 schrieb. Es liegt jetzt um die einhundertzwanzig Jahre zurück – für uns wie im Dunkel der Vergangenheit. Damals war die Welt in der Vorstellung der Menschen noch unübersehbar groß, teilweise undurchdringlich und für die meisten auch noch sehr unbekannt. Es gab ja noch kein Fernsehen, die Leute konnten also nicht jeden Abend vor der Flimmerscheibe sitzen und bunte Bilder aus allen Ländern der Erde begucken.

Nicht einmal Kinos und Filme gab es. Daß die ersten Fotografen mit großen Apparaten, wie Kistchen auf dreibeinigen Stativen, an den Straßenecken standen, das war noch so selten, daß die Gassenbuben herbeiliefen und staunten. Die Männer schlüpften unter ein schweres, schwarzes Tuch und brauchten viele Minuten, um ihr Bild scharf einzustellen und zu belichten.

Und dann war es nur schwarzweiß.

Mit dem Reisen war es ganz ähnlich. Es war schrecklich mühsam und dauerte sehr lange. Das wäre nichts für so ungeduldige Leute gewesen, wie wir es geworden sind. Es gab zwar schon Eisenbahnen, das ja, aber noch keine Autos. Es gab auch schon einzelne Dampfschiffe, ja doch, aber an Flugzeuge wagte niemand auch nur zu denken. Man fuhr meistens mit Pferdewagen, und über das Meer fast nur mit Segelschiffen.

Auf Fahrräder wagten sich nur sehr mutige Männer. Sie saßen dann über einem riesigen Vorderrad. Aber meist ging man zu Fuß, die Damen natürlich sowieso.

Es ist wichtig, sich das recht deutlich klarzumachen denn sonst versteht man Mister Phileas Foggs Leichtsinn nicht.

Was trieb ihn nur dazu, diese verrückte Wette abzuschließen?

Nun – Mister Phileas Fogg saß an diesem Morgen in seinem Zimmer. Er saß vor seinem Spiegel und betrachtete sich ganz ruhig. Er war groß, blaß und blond, hatte einen sorgfältig geschnittenen, kurzen Bart, perlweiße Zähne und klare, kühle Augen. Er sah wirklich so aus, wie man sich einen pedantischen, unerschrockenen Engländer vorstellt. Seine Bewegungen waren immer exakt aufeinander abgestimmt, wie ein Uhrwerk. Aber wenn er saß, dann saß er so still wie ein Zinnsoldat. Niemand wußte, was er dabei dachte.

Mister Phileas Fogg war überhaupt ein Mensch, über den man kaum etwas wußte. Sicher war, daß er viel, sogar sehr viel Geld besaß. Aber woher? Er war kein Kaufmann und hatte auch keine Schiffe. Er hatte keine Bank und braute kein Bier. Er besaß keine Ländereien und hatte in keinem Verwaltungsrat einer Handelsfirma jemals Sitz und Stimme gehabt. Er tat eigentlich gar nichts. Er ging nur in seinen Club, und das täglich.

Ein Club ist ein Ort, wo sich vornehme Herren, die sich *Gentlemen* nennen, treffen und miteinander unterhalten. Damen sind nicht zugelassen. In den meisten Clubs gibt es vornehm eingerichtete Räume, man speist dort vornehm, man trinkt seinen vornehmen Tee und fühlt sich vornehm. Wer zu einem Club gehört, ist stolz darauf.

Auch heute wollte Mister Phileas Fogg wieder in seinen Club gehen. Er zog seine silberne Taschenuhr heraus, klappte sie auf und sah, daß es noch zu früh dazu war. Außerdem wartete er auf einen neuen Diener, denn er hatte seinen alten Diener James gerade entlassen – eigentlich nur wegen einer Kleinigkeit, aber Phileas Fogg war ein äußerst korrekter Mensch. Er war korrekt auch sich selbst gegenüber, immer untadelig. So ließ er sich selbst zum Beispiel niemals eine Gefühlsbewegung anmerken, weder Ärger, noch Zorn, noch Schmerz. Das gehörte zu seiner Haltung als Gentleman. Dabei war er weder ohne Gefühl noch etwa herzlos. Im Gegenteil, wenn er zum Beispiel im Club beim Kartenspiel gewann, dann steckte er das Geld nie in die eigene Tasche, um es zu verjubeln, sondern stiftete es für wohltätige Zwecke, für Waisenkinder oder für alleinstehende Mütter, für Obdachlose und Kranke.

Im Club war er sehr angesehen. Man schätzte es, mit ihm zu reden, denn er wußte viel. Vor allem glänzte er mit Kenntnissen über fremde Länder. Er wußte die meisten Entfernungen zwischen den verschiedensten Städten der Erde auswendig, selbst in den entlegensten Ländern. Dabei hatte man ihn niemals reisen sehen, sogar daß er London jemals verlassen hätte, war unbekannt, für viele sogar undenkbar. Mister Phileas Fogg schien der seßhafteste Mensch der Welt zu sein.

Er bekam ja nicht einmal Besuch. Den ganzen Tag verbrachte er im Club, nur nachts und am Morgen war er daheim. Dann schlief er, ruhte ausgiebig, kleidete sich an, schritt über das Parkett seiner stillen Räume – das war alles.

Er war immer allein. Er hatte keine Frau und kein Kind, keinen Hund und keine Katze. Er hatte keine Brüder und keine Schwestern, überhaupt keine Verwandten, eber nur einen Diener. Und seine Diener waren ihm überaus wichtig.

Ja, seine Diener: Endlich klopfte es an die Tür. Er rief: »Herein!«, und ein schlanker Mann trat in den Raum. Er war ungefähr dreißig Jahre alt. Er grüßte höflich, ebenfalls sehr zurückhaltend und elegant. So vollendet kann das nur ein Franzose tun. Er verbeugte sich leicht. »Ich heiße Jean«, sagte er. »Genauer: Jean Passepartout. Diesen Spitznamen bekam ich, weil ich mich aus jeder Klemme zu befreien vermag. Sie verstehen, Sir: ›par tout‹ – ›durch alles‹ oder ›aus allem‹. Ich darf von mir sagen, daß ich sehr treu bin. Ich verdiente mein Geld schon auf vielerlei Weise. Ich war Sänger, Akrobat, Seiltänzer und Lehrer in einer Schule für höhere Töchter, was mir besonders gefiel. Einmal bin ich auch Feuerwehrhauptmann gewesen. Das alles macht mich geschickt zu jeder Art von Arbeit.«

»Du hast bei mir nicht jede Art von Arbeit zu leisten, Du hast nur mich zu bedienen«, sagte Mister Phileas Fogg ruhig. »Aber dein Name gefällt mir trotzdem. Nun sag mir, wie spät es ist!«

Passepartout zog seine Uhr an einer langen, silbernen Kette aus der Tasche. Sie hatte die Form eines Hühnereis. Er ließ sie aufschnappen und sagte: »Es ist elf Uhr zweiundzwanzig!«

»Und das ist falsch«, antwortete Mister Phileas Fogg.

»Verzeihung, Sir, aber meine Uhr geht sehr genau«, wagte Passepartout zu widersprechen.

»Irrtum, Passepartout, sie geht vier Minuten nach! Stell sie nach meiner, das ist wichtig. Ab jetzt, Mittwoch den zweiten Oktober, elf Uhr sechsundzwanzig, bist du bei mir angestellt.«

Eine verrückte Wette

Nach diesen Worten ergriff Phileas Fogg seinen schwarzglänzenden Zylinder, setzte ihn gerade auf und verließ das Haus.

Passepartout sah ihm staunend nach. »Meine Güte«, murmelte er, »mein neuer Herr scheint kein lebendiger Mensch, sondern eine Wachsfigur zu sein.« Er selbst war eher das Gegenteil, ein waschechter Pariser, quirlig und beweglich. Er hatte einen runden Kopf und rosige Backen. Er lebte und lachte gern. Seine blauen Augen leuchteten fröhlich. Und er bewährte sich als guter Freund.

Jetzt begutachtete er seine neue Arbeitsstätte. Alles war so aufgeräumt! Alles sah so gut organisiert aus. Nirgends lag Staub. In seinem Zimmer fand er eine elektrische Klingel und eine Sprechanlage, auf dem Kamin eine elektrische Uhr, die mit seiner Taschenuhr, die er neu gestellt hatte, auf die Sekunde übereinstimmte. Alles war wohlgeordnet. Die Hemden, die Hosen und die Westen im Schrank waren numeriert und auf einer gesonderten Liste sorgfältig aufgeführt.

Waffen fand Passepartout zu seiner Freude nicht, also war sein Herr ein friedfertiger Charakter.

An der Wand hing ein genauer Arbeitsplan: Mister Fogg stand um acht Uhr auf, dann gab es Toast und Tee, dann wurde der Herr rasiert und frisiert – und dann ging er schon bald in den Club: Phileas Fogg war ein Gentleman, der den ganzen Tag außer Haus verbrachte!

Schon lange hatte sich Passepartout eine solche Stellung gewünscht. Er freute sich, daß er sie gefunden hatte. Ein ruhiges Leben liegt vor mir – so dachte er jedenfalls. Aber man kann sich ja irren, und wie sehr! Jetzt rieb sich Passepartout jedenfalls noch einmal die Hände und sah beglückt seiner bequemen Zukunft entgegen. Der Arme . . .

Inzwischen begab sich Phileas Fogg selbst in der ihm eigenen, gelassenen Art durch die nebelgrauen Straßen in seinen Club. Zu Mittag speiste er Roastbeef, trank danach ein Glas Sherry und verbrachte den Nachmittag wie immer in schöner Ruhe im Lesesaal, wo er die »Times«, die nobelste Tageszeitung, aufschlug. Danach las er den »Standard«, speiste wiederum Roastbeef zum Abendbrot, trank wiederum Sherry und zog sich danach mit einer anderen Zeitung zurück.

Nach und nach waren andere ehrenwerte Mitglieder eingetroffen: ein Ingenieur, ein grauhaariger und ein schwarzhaariger Bankier, ein Bierbrauer und noch ein anderer würdiger Bankdirektor – dieser von der berühmten Bank von England. Alle waren sehr angesehene und wohlhabende Leute und begeisterte Kartenspieler.

Und nun begann folgendes interessante Gespräch: »Nun, was wißt Ihr von dem Dieb?«, wollte man von dem Direktor der Bank von England wissen.

An seiner Stelle antwortete der grauhaarige Bankier, der gar nicht gefragt war: »Der Gauner ist auf und davon und genießt sein Leben!«

Nun erst sagte der Direktor der Bank von England – eben von jener Bank, die bestohlen worden war: »Wir erwischen ihn bestimmt. In jedem Hafen der Welt lauert ein Detektiv auf ihn.«

»Wißt Ihr denn, wie der Dieb aussieht? Habt Ihr denn einen Steckbrief?« fragte Phileas Fogg mit mäßigem Interesse.

»Ja, denn es ist kein gewöhnlicher Dieb«, erklärte der würdige Bankdirektor. »Seine Beschreibung ging telegrafisch um die Welt.«

»Wie, ist man kein Dieb, wenn man fünfundfünfzigtausend englische Pfund stiehlt? Das ist doch ein riesiges Vermögen«, rief der Ingenieur.

»Sehr richtig! Aber je größer die Summe ist, die geklaut wird, desto nobler wird der Verbrecher in der Meinung der Leute, das ist doch so«, meinte der Bierbrauer ironisch.

»In der Zeitung bezeichnet man solche Leute als Gentlemen! Wie dem auch sei: Ganz England redet darüber. Es gibt kein anderes Tagesgespräch. Jeder weiß etwas anderes.«

»Es werden die wildesten Wetten abgeschlossen, ob es gelingen wird, den Dieb zu fangen und das Geld wieder herbeizuschaffen«, pflichtete ihm der schwarzhaarige Bankier bei.

»Ich schätze, daß der Gentleman, der das Geld beiseite brachte, intelligent genug ist, es sich nicht abjagen zu lassen«, sagte der Bierbrauer.

»Ja, er ist schon längst über alle Berge«, erklärte der Ingenieur. Er mischte die Spielkarten neu.

»Wo soll er denn sein?«

»Überall und nirgends, die Welt ist groß!«

»Meint Ihr wirklich, die Welt sei groß?« warf jetzt Phileas Fogg mit unterkühltem Temperament ein. »Aber, meine Freunde, das war einmal! – Bitte hebt ab.« Damit meinte er den Stapel der Spielkarten. Sie spielten eine Runde, und jeder hing seinen Gedanken nach.

»Ist denn die Erde neuerdings geschrumpft?« fragte endlich der grauhaarige Bankier.

»Sie ist nicht geschrumpft, aber die Verkehrsmittel sind schneller geworden«, erwiderte Phileas Fogg. »Man reist heute zehnmal rascher als vor hundert Jahren. Das wird auch die Suche nach dem Dieb enorm beschleunigen.«

»Meinen Sie, daß man heute in einem halben Jahr um die Erde kommt?«

»Was heißt in sechs Monaten!« rief Phileas Fogg noch eine Spur temperamentvoller. »Ich sage Ihnen: in achtzig Tagen!«

»Nein, nein, das ist unmöglich!«

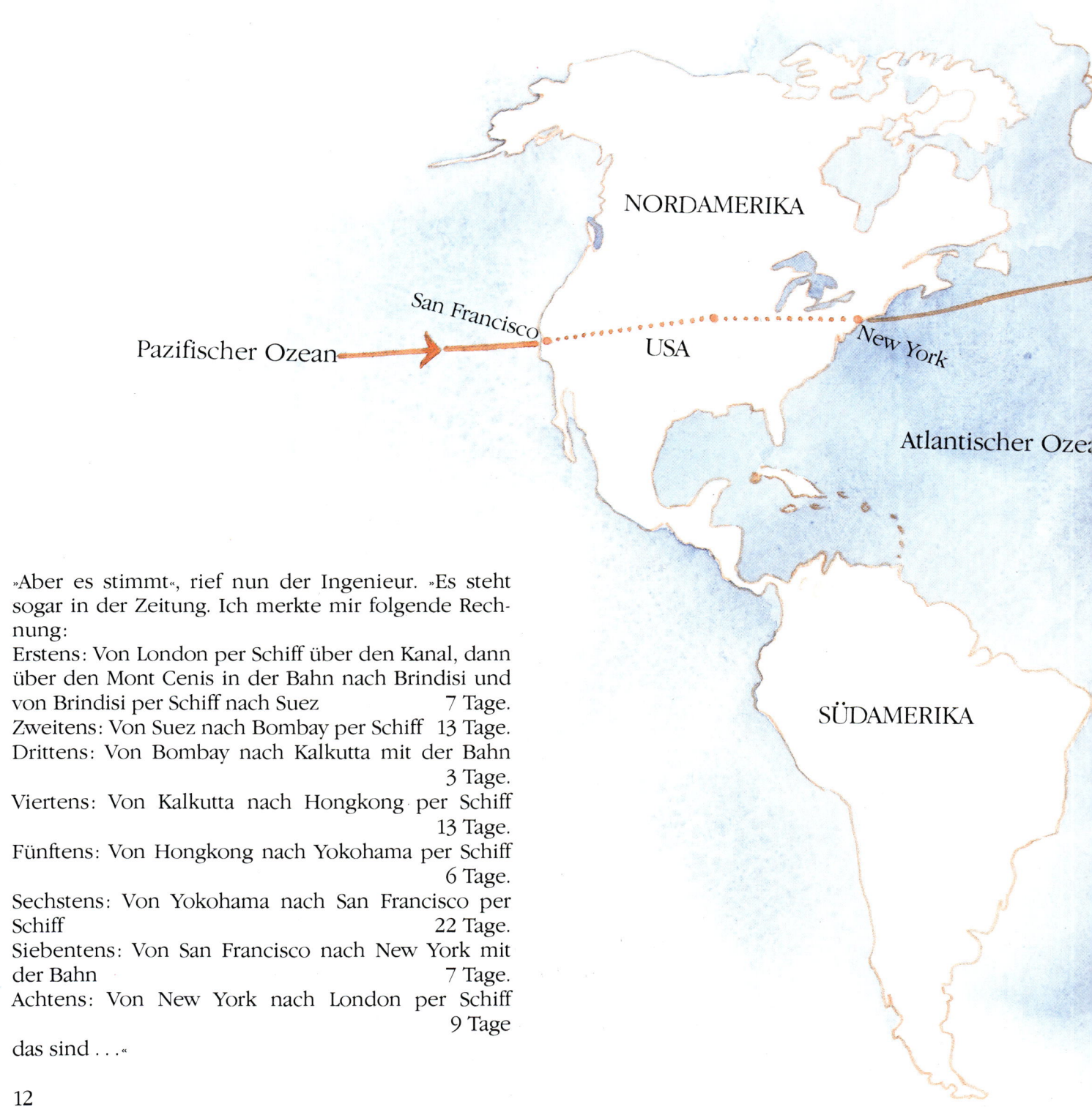

NORDAMERIKA

San Francisco

Pazifischer Ozean

USA

New York

Atlantischer Oze

SÜDAMERIKA

»Aber es stimmt«, rief nun der Ingenieur. »Es steht sogar in der Zeitung. Ich merkte mir folgende Rechnung:

Erstens: Von London per Schiff über den Kanal, dann über den Mont Cenis in der Bahn nach Brindisi und von Brindisi per Schiff nach Suez   7 Tage.

Zweitens: Von Suez nach Bombay per Schiff 13 Tage.

Drittens: Von Bombay nach Kalkutta mit der Bahn   3 Tage.

Viertens: Von Kalkutta nach Hongkong per Schiff   13 Tage.

Fünftens: Von Hongkong nach Yokohama per Schiff   6 Tage.

Sechstens: Von Yokohama nach San Francisco per Schiff   22 Tage.

Siebentens: Von San Francisco nach New York mit der Bahn   7 Tage.

Achtens: Von New York nach London per Schiff   9 Tage

das sind . . .«

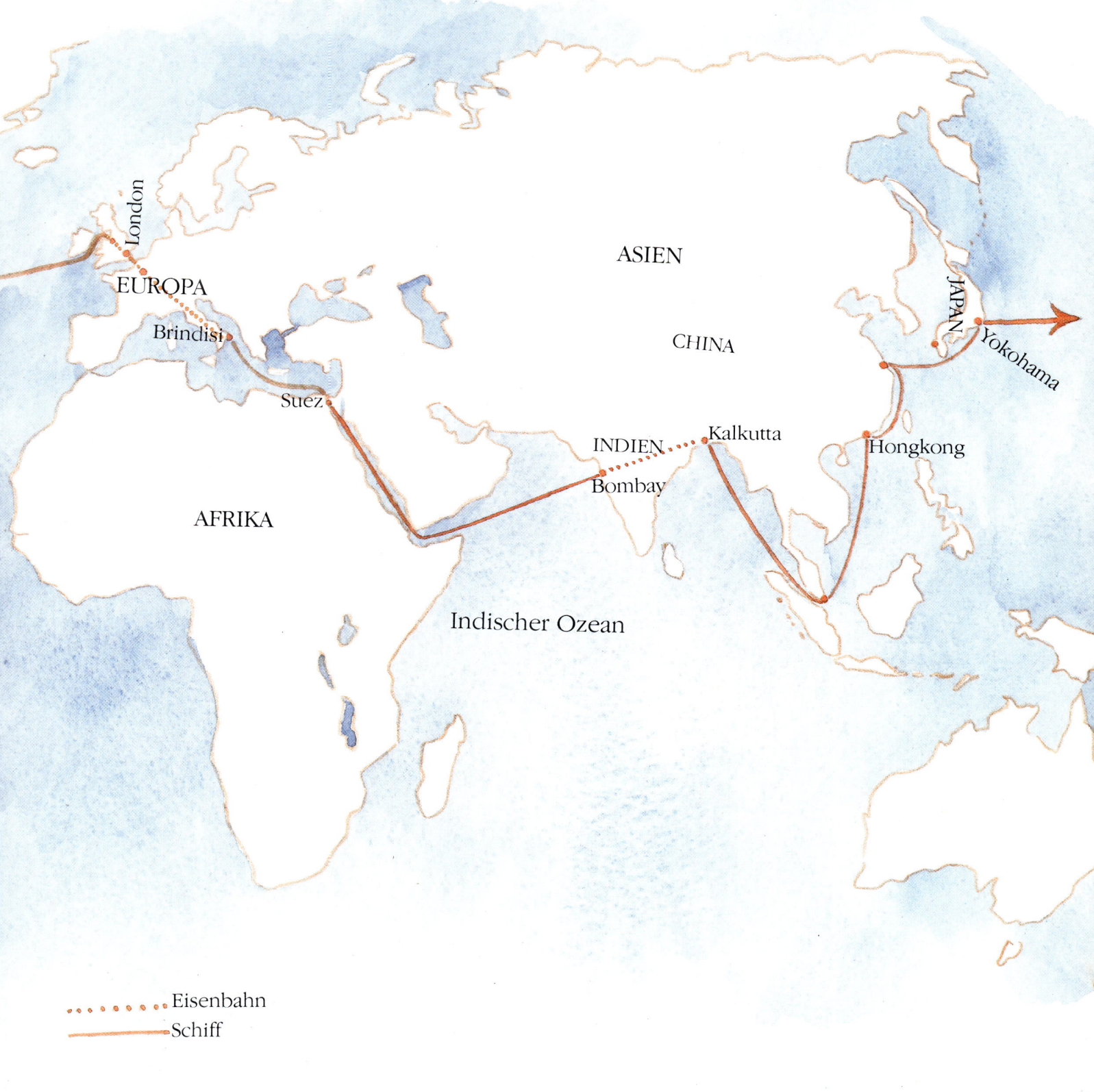

London

EUROPA

Brindisi

Suez

AFRIKA

ASIEN

CHINA

JAPAN

Yokohama

INDIEN

Kalkutta

Bombay

Hongkong

Indischer Ozean

Eisenbahn

Schiff

»Richtig, das sind zusammen genau achtzig Tage«, sagte Phileas Fogg, der die Zahlen auf einem Notizzettel mitgeschrieben und zusammengezählt hatte.

»Nun gut, nun gut, aber das ist doch reine Theorie«, rief der Bierbrauer. »Denken Sie doch an die Wirklichkeit: Nebel, Entgleisungen, Pannen, Motorschäden, Windstille, Sturm, Schiffbruch ... Tausend unvorhergesehene Hindernisse. Dazu die Strapazen, Müdigkeit, Krankheiten.«

»Es gibt keine Schwierigkeiten, die nicht überwunden werden könnten«, erklärte Phileas Fogg. »Alle Hindernisse sind in dieser Rechnung inbegriffen!«

»Pah! Wenn die Indianer die Schienen herausreißen, was wollen Sie dann machen?« fragte der Bierbrauer.

»Alles inbegriffen!« erwiderte Fogg.

»Und wenn die Züge geplündert und die Reisenden skalpiert werden?«

»Auch inbegriffen!«

»Das möchte ich erleben!« rief der Ingenieur.

Jetzt tat Phileas Fogg etwas Überraschendes. Er legte die Karten auf den Tisch, schaute ruhig in die Runde und sagte einfach: »Kommen Sie doch mit!«

»Ach«, rief der Bierbrauer dagegen, »ich wette viertausend Pfund, daß eine solche Reise unmöglich ist!«

»Nein, sie ist möglich«, erklärte Phileas Fogg.

»Dann fahren Sie doch!«

»Das werde ich machen!«

»Wie? Ja, wann denn?«

»Sofort!«

»Sofort? Teilen Sie lieber die Karten aus, Sie haben sich eben vergeben!«

»Ich biete viertausend Pfund«, erklärte der grauhaarige Bankier.

»Ich setzte zwanzigtausend dagegen«, erwiderte Phileas Fogg ruhig.

»Das meinen Sie doch nicht wirklich, das ist ja ein Vermögen! Sie werden es verlieren!« Das war die allgemeine Meinung.

»Beruhigen sie sich, meine Herren«, rief der Ingenieur, »diese Sache kann man nicht ernst nehmen!«

»Doch«, erklärte Phileas Fogg. »Ich werde gewinnen. Denn es gibt nichts, was sich nicht vorhersehen ließe. – Abgemacht, ich reise um die Erde in achtzig Tagen. Nehmen Sie die Wette an?«

Das Abenteuer beginnt

Die anderen Herren hielten zunächst einmal die Luft an. Das war doch zu abenteuerlich. Sie schauten sich an und berieten miteinander. Endlich machte sich der Direktor der Bank von England zu ihrem Sprecher: »Mister Fogg, wir nehmen die Wette an!«

»Gut!«

Man reichte sich die Hände zur Bekräftigung.

»Ich nehme den Zug nach Dover, heute abend um zwanzig Uhr fünfundvierzig«, erklärte Phileas Fogg. »Am Samstag, dem einundzwanzigsten Dezember, um zwanzig Uhr fünfundvierzig bin ich wieder bei Ihnen im Club zum nächsten Kartenspiel. Wenn nicht, können Sie über die Summe verfügen. Hier ist ein Scheck über zwanzigtausend Pfund!«

Phileas Fogg setzte, ohne mit der Wimper zu zucken, die Hälfte seines Vermögens aufs Spiel. Die andere Hälfte brauchte er für die Reise, sonst hätte er diese auch noch in die Waagschale geworfen.

Die anderen Herren waren etwas verwirrt. Wohl weniger angesichts der hohen Summe, die auf dem Spiel stand, als angesichts der zahlreichen, gefährlichen Abenteuer, die auf ihren Freund warteten. Es war jetzt genau neunzehn Uhr und sie wollten sich rasch von Phileas Fogg verabschieden: »Sie werden sich doch noch auf die Reise vorbereiten wollen«, meinten sie unsicher.

Er antwortete ungerührt: »Ich bin immer bereit.« Er gab die Karten aus, sie spielten: die Herren mit geteilter Aufmerksamkeit, Phileas Fogg mit unerschütterlicher Ruhe. Er gewann zwanzig Pfund. Inzwischen war es neunzehn Uhr fünfzehn geworden, fünfzehn Minuten nach sieben Uhr abends. Nun blieb Phileas Fogg noch eine halbe Stunde, dann schüttelte er seinen Mitspielern die Hand und verließ den Club, auf die Minute um sieben Uhr fünfundvierzig.

Es war mittlerweile dunkel geworden, aber es nieselte immer noch. Um die Gaslaternen bildete sich ein schimmernder Lichtkranz. Phileas Fogg schritt zielstrebig aus, aber ohne jede Eile.

Er traf daheim auf einen völlig verwunderten Diener Passepartout, der den Tagesplan seines Herrn inzwischen auswendig gelernt hatte. Daher wußte er, daß dieser niemals vor Mitternacht heimzukehren pflegte. Er glaubte also, ein Gespenst zur Tür hereinkommen zu sehen – und damit begannen die aufregenden Abenteuer, von denen er sich nichts hatte träumen lassen.

Denn Mister Fogg sagte mit völliger Ruhe zu ihm: »Passepartout, in zehn Minuten reisen wir ab, und zwar um die Erde!«

Passepartout hielt dies für einen Scherz: »Ganz rundherum?«

»Ja! Und zwar innerhalb von achtzig Tagen. Wir haben daher nicht eine Minute Zeit zu verlieren.«

Passepartout riß Mund und Augen auf. »Und das Gepäck?«

»Wir brauchen nichts. Eine Reisetasche genügt. Nimm für mich zwei Hemden und drei Paar Socken mit. Für dich selbst dasselbe. Alles andere besorgen wir uns unterwegs. Nein, halt, meinen leichten Mantel vergiß bitte nicht. Und nun beeile dich!«

Passepartout starrte seinen Herrn entgeistert an. Endlich taumelte er aus dem Zimmer und fluchte leise vor sich hin. Immer noch unschlüssig, suchte er die wenigen Sachen zusammen und stopfte sie in die Reisetasche. Er dachte, ob er denn an einen Narren geraten sei. Aber dann fielen ihm auch die vielen fremden Länder und Städte ein, die er zu sehen bekommen würde. Da freute er sich doch.

Um zwanzig Uhr, also um acht Uhr abends, war er mit dem Packen fertig. Immer noch glaubte er nicht so recht an die Sache. Vielleicht machte sein Herr nur einen Scherz? Aber dieser stand schon wartend in der Halle. Unter dem Arm trug er verschiedene Kursbücher. Er nahm Passepartout die Reisetasche aus der Hand, ließ den Verschluß aufschnappen und stopfte ein dickes Bündel Banknoten hinein. »Hast du nichts vergessen?« fragte er.

»Nein!«

»Mein Mantel?«

»Hier!«

»Paß nur gut auf die Tasche auf, Passepartout. Es sind zwanzigtausend Pfund darin.«

Passepartout ließ die Tasche fallen, als ob sie zwei Zentner Gewicht hätte.

»Gehen wir«, sagte Phileas Fogg.

Passepartout hob die Tasche wieder auf. Sie verließen das Haus. Passepartout schloß die Tür. In großer Eile gingen sie zum Droschkenstandplatz. Ein Wagen stand unter der Gaslaterne. Das Pferd stampfte mit dem Fuß. »Zum Bahnhof«, rief Phileas Fogg dem Kutscher zu, während er einstieg. »Aber rasch, bitte!«

»Immer mit der Ruhe«, murmelte der Kutscher, aber so leise, daß es sein Fahrgast nicht hören konnte.

Inzwischen war Passepartout auf den Kutschbock geklettert. Er umklammerte die Reisetasche mit beiden Armen.

Das Pferd zog an. Mit gleichmäßigem Rütteln ratterte der Wagen über das Pflaster. Die Häuserreihen mit den erleuchteten Fenstern glitten an ihnen vorüber. Als sie unter der Laterne am Bahnhof vorfuhren, huschte eine Bettlerin an den Wagen. Sie streckte die Hand aus. Als er ausgestiegen war, kramte Phileas Fogg aus seiner Jackentasche die zwanzig Pfund heror, die er beim Kartenspiel gewonnen hatte. Er reichte sie der armen Frau. »Gott schütze Sie«, rief diese überglücklich, denn so viel Geld war ein Vermögen für sie.

Passepartout freute sich über seinen Herrn. Er bekam feuchte Augen. »Keine Zeit für Rührung«, sagte Phileas Fogg. »Geh und kauf zwei Fahrkarten nach Brindisi in Italien.«

Am Schalter gab es eine ärgerliche Verzögerung, denn eine alte Dame konnte sich nicht entscheiden, wo sie eigentlich hinreisen wollte. So kamen sie erst in letzter Minute auf den Bahnsteig. Dort warteten die Gentlemen vom Club. Der Zug fuhr donnernd und fauchend ein. Die Bahnhofshalle war sofort voller Qualm.

»Erfreut, Sie noch einmal zu sehen, meine Herren«,

rief Phileas Fogg im Vorübereilen. »Die Stempel in meinem Paß werden Ihnen beweisen, daß ich die Reiseroute genau eingehalten habe. Also denn – in achtzig Tagen!«

Phileas Fogg erkletterte die Stufen zu einem Abteil erster Klasse. Passepartout folgte ebenso rasch. Aufatmend ließen sie sich in die Polster fallen. Der Bahnhofsvorsteher pfiff, der Zug fuhr an und setzte sich ächzend in Bewegung Draußen war schwarze Nacht. Regen sprühte gegen das Abteilfenster.

Phileas Fogg lehnte sich zurück und schloß die Augen. Passepartout umklammerte unentwegt die Reisetasche. Er hatte sich noch immer nicht von seiner Verblüffung erholt.

Nach einer Stunde Fahrt schreckte er auf und stieß einen kurzen Schrei aus.

»Was hast du?« fragte Phileas Fogg.

»Ich vergaß in der Eile, das Gas in meinem Zimmer abzudrehen.«

»Dann wird es auf deine Rechnung brennen«, erwiderte sein Herr.

Reisen … reisen … reisen

So fuhren sie also los. Wir aber bleiben noch kurz in London. Die Hauptstadt Großbritanniens hatte nur noch ein Gesprächsthema: die Reise Phileas Foggs in achtzig Tagen um die Erde. Würde sie gelingen, oder würde er scheitern? Da jedermann leidenschaftlich gerne wettete, hatten die Wettbüros Hochsaison. Die Gassenjungen wetteten miteinander um Murmeln, der Straßenkehrer wettete mit dem Postboten um Pennys, der Droschkenkutscher wettete mit dem Hausdiener um Sixpence, der Abgeordnete wettete mit dem Lord um Shilling und der General wettete mit dem Minister um Pfund. Phileas Fogg war interessanter geworden als das beliebteste Rennpferd – und das will etwas heißen.

Alle Tageszeitungen beteiligten sich an diesem Rummel. Die einen traten für Phileas Fogg ein, die anderen hielten ihn für einen Narren. Schließlich erschien sogar ein Artikel der Königlichen Geographischen Gesellschaft, in dem detailliert dargelegt wurde, daß ein solches Vorhaben unmöglich gelingen konnte. Alle möglichen Hindernisse waren aufgeführt: Zugverspätungen und Dampferhavarien, Stürme und Monsunregen, Malaria und Cholera, Ebbe und Flut, Tiger und Haie …

Die Wetten für Phileas Fogg sanken auf ihren absoluten Tiefststand, und jeder, der auf seinen Sieg gesetzt hatte, lag schlaflos, weil er fürchtete, sein Geld zu verlieren. Niemand riskierte auch nur noch ein Pfund gegen hundert für Phileas Fogg.

Aber es kam noch schlimmer. Ein Telegramm kam aus Suez, der Hafenstadt am Kanal. Es lautete:
AN POLIZEIPRÄSIDENT SCOTLAND YARD – STOP – BIN BANKRÄUBER PHILEAS FOGG AUF DER SPUR – STOP – ANFORDERE HAFTBEFEHL NACH BOMBAY – STOP – JOHN FIX, DETEKTIV.
Wie denn? War Phileas Fogg der gerissene Bankräuber, der sich mit fünfundfünfzigtausend Pfund der Bank von England aus dem Staub gemacht hatte? Dann war die Reise um die Welt also nichts anderes als ein gerissenes Täuschungsmanöver, eine Flucht vor der englischen Polizei! Pfui Teufel! Auf einen Bankräuber setzt kein Gentleman sein Geld!

Phileas Fogg und sein Diener Passepartout ahnten nichts von alledem. Sie erreichten die Hafenstadt Dover noch in derselben Nacht, aber sie erfuhren dort zu ihrem Mißvergnügen, daß das Fährschiff nach Frankreich einen Schaden hatte und erst in zwei Tagen wieder fahren konnte.

»Das fängt ja gut an«, murmelte Passepartout.

Phileas Fogg sah ihn grübelnd an. »Wir schlafen erst einmal, morgen früh sehen wir weiter«, entschied er. Ein kleines Hotel war bald gefunden. Sie bekamen die letzten beiden Zimmer im zweiten Stock, die noch frei waren, und verbrachten eine gute Nacht. Am nächsten Morgen schien die Sonne, und von draußen war lautes Stimmengewirr zu hören. Als Passepartout bei seinem Herrn eintrat, war dieser bereits angekleidet. »Was ist denn das für ein Lärm?« fragte er. Passepartout schaute aus dem Fenster. Da sah er, daß ihr Hotel am Rande einer Wiese lag. Unten gab es einen Menschenauflauf. Ein großer Ballon wurde zum Aufstieg bereit gemacht. Er schwebte, von dicken Tauen gehalten, bereits in der Luft. Darunter hing eine Gondel, sie stand noch auf der Erde. Ein Ballonfahrer gab letzte Anweisungen. Phileas Fogg hatte das alles kaum erfahren, da rief er schon: »Den schickt uns der Himmel! Passepartout, aus welcher Richtung weht der Wind?«

»Von Norden, Herr.«

»Immer besser«, rief Phileas Fogg. »Marsch!« Ohne Frühstück rannten sie hinab.

Phileas Fogg verhandelte mit dem Ballonfahrer, und

kaum eine Stunde später schwebten sie zu dritt bereits über dem Kanal, der England von Frankreich trennt. Die weißen Kreidefelsen von Dover unter ihnen wurden bald kleiner.

Der Wind war nicht kräftig, aber er stand günstig. So schwebten sie gemächlich und lautlos über das Wasser und über Fischerboote, Segelschiffe und einen kleinen Dampfer mit rauchendem Schornstein. Möwen umkreisten sie neugierig, hungrig und kreischend.

Sie fuhren auf diese angenehme Weise bis zum Mittag durch die Luft. Endlich kam die Küste Frankreichs in Sicht. Der Ballonfahrer zog an einer Leine und ließ etwas Gas ab. Der Ballon senkte sich zum Land, und sie berührten schließlich wieder festen Boden, und zwar auf einer Weide in der Nähe der Stadt Calais. Kühe glotzten, muhten und kauten. Kinder rannten näher. Zwei Reiter trabten heran.

Als sie sich wieder aufgerappelt und ihre Kleider ausgeklopft hatten, atmete Passepartout tief durch. Er breitete seine Arme aus und rief: »Ich grüße dich, mein geliebtes Frankreich, mein Heimatland.«

»Rasch zum Bahnhof«, rief Phileas Fogg. »Nur wie?« Da entdeckte er die beiden Reiter, die abgesessen waren und neben ihren Pferden standen. Geschwind, geschickt und energisch verhandelte Fogg mit ihnen. Er hatte kaum von der Wette erzählt, da hatte er die beiden schon für sich gewonnen.

Den jungen Männern machte die Sache Spaß. Auch nahmen sie gern das Geld entgegen, das er ihnen anbot. Und nachdem geklärt war, wem die beiden Pferde später anvertraut werden konnten, trabten Phileas Fogg und Passepartout zur Stadt Calais und dort durch die belebten Straßen zum Bahnhof. Hier übergaben sie die beiden Pferde einem Droschkenkutscher, der sie ihren Besitzern zurückbringen sollte.

Ihr Schnellzug nach Paris ging am späten Nachmittag. Sie fuhren die ganze Nacht. Phileas Fogg deckte seinen Mantel über sich, denn es wurde kühl. Aber

sie waren die einzigen Fahrgäste im Abteil, so daß Passepartout seine Schuhe ausziehen und sich auf der Bank ausstrecken konnte, wobei er seinen Kopf auf die kostbare Reisetasche bettete.

Der Morgen dämmerte, als sie in der französichen Hauptstadt ankamen. Jetzt brach Passepartout fast das Herz, er dachte an seine Familie, die er besuchen wollte, an seine Mutter, an seine Geschwister. Er wäre gern mit seinem Herrn unter dem Triumphbogen hindurchgeschritten und wünschte sich, diesem die prächtigen Plätze, die Brücken und den Seinefluß zu zeigen – aber vergebens. Phileas Fogg hörte ihn nicht einmal an. Längst hatte er aus dem Kursbuch die nächste Verbindung herausgesucht. Nach nur einer Stunde und zwanzig Minuten Aufenthalt, den sie für ein kleines Frühstück mit Milchkaffee und einigen Croissants nutzten, stiegen sie in den Zug nach Turin in Italien.

Die Sonne kam heraus, und Passepartout fuhr mit Wehmut im Herzen durch Frankreich. Die Fahrt dauerte den ganzen Tag und noch eine Nacht. Den Mont Cenis Paß überquerten sie in völliger Dunkelheit, so daß sie nicht sehen konnten, wie tief verschneit die Berge bereits waren. Freitag früh waren sie in Turin. Dann durcheilten sie Italien. Passepartout seufzte: »Kein Mailänder Dom … keine venezianische Gondel … kein Florenz … kein Rom … « Weiter, weiter!

Am Samstag, dem fünften Oktober, nachmittag um sechzehn Uhr erreichten sie die italienische Hafenstadt Brindisi. Dort ließ Phileas Fogg von Passepartout in aller Eile zwei schwarze Hosen und Dinnerjackets für die Schiffsreise kaufen.

Brindisi war eine lärmende Stadt. Die südliche Sonne hing schon tief, und das Mittelmeer lag schimmernd vor ihnen. Möwen umkreisten die hohen Schornsteine der an der Mole vertäuten Dampfer und die Maste der Segelschiffe.

»Suche den Dampfer »Mongolia«‹, wies Phileas Fogg Passepartout an. »Genaugenommen ist es ein kombiniertes Segel- und Dampfschiff. Es ist ein wahrer Glücksfall für uns, denn es fährt von hier direkt nach Indien, nach Bombay. Die »Mongolia« legt auf der ganzen Fahrt nur ein einziges Mal an, in Suez nämlich, um Kohle zu bunkern. Das bringt uns rasch voran!«

»Und wir haben wieder Glück«, meinte Passepartout nach kurzer Ausschau, »denn, wenn ich in all der Hetzerei noch richtig sehen kann, wartet die »Mongolia« dort, gleich hinter dem schwarzen Schoner.«

So war es. Der Dampfer mit den hohen Masten lag weiß am Kai. Passagiere kletterten über das Fallreep empor. Schrankkoffer wurden von Gepäckträgern emporgebuckelt.

Phileas Fogg buchte rasch zwei Einzelkabinen. Und schon war es höchste Zeit, an Bord zu gehen. Das Schiff tutete durchdringend, weißer Dampf quoll aus dem Schlot, das Stampfen der Maschine ließ den Rumpf erbeben. Um siebzehn Uhr, nach nur einer Stunde Aufenthalt in Brindisi, drehte sich die Schraube, die Leinen wurden gelöst, die »Mongolia« nahm Kurs auf das Mittelmeer, begleitet von kreischenden Möwen.

Phileas Fogg und Passepartout gönnten sich einige seltene Minuten der Ruhe. Sie standen an der Reling und sahen die Küste Italiens im Abendlicht verschwinden. Sie waren guten Mutes. Aber sie wußten auch nicht, daß sie bereits voller Ungeduld erwartet wurden.

Der Detektiv Fix

Ja, in Suez sah ein ruheloser Mann erregt ihrer Ankunft entgegen. Der Mann hieß John Fix, und er war es, der das Telegramm an Scotland Yard geschickt hatte. Am Mittwoch, dem neunten Oktober, eilte er bereits um neun Uhr morgens an den Kai, obwohl die »Mongolia« erst gegen elf Uhr eintreffen sollte.

Neben ihm befand sich der britische Konsul von Suez. Mister Fix hatte ihn dringend aus seinem Büro geholt. Mister Fix war sehr hager. Er trug einen karierten Anzug und zog unruhig an seiner Pfeife. Er hatte zweierlei bei sich: ein Telegramm aus Brindisi, mit der Bestätigung, daß sich ein gewisser Phileas Fogg dort eingeschifft hatte, und einen polizeilichen Steckbrief, der diesen verdächtigen Mann äußerst genau beschrieb.

»Wenn nur die »Mongolia« keine Verspätung hat«, seufzte Fix mehrmals.

»Glauben Sie denn, daß Sie Ihren Mister Fogg unter all den Passagieren herausfinden werden?« fragte der britische Konsul.

»Keine Sorge«, antwortete Fix. »Solche Leute riecht man, wenn man die richtige Nase dafür hat. Und die habe ich. Was für ein Kerl! Raubt in aller Ruhe fünfundfünfzigtausend Pfund aus der Bank von England und begibt sich dann gelassen auf Weltreise! Aber er hat nicht mit John Fix gerechnet, dem besten Detektiv der britischen Insel. Ich werde ihm Handfesseln anlegen!«

Der Kai belebte sich. Dunkelhäutige Lastträger waren allenthalben an der Arbeit. Kamele mit hochmütigem Blick schoben sich ruhig schaukelnd durch die Menge. Kleine Händler breiteten ihre Waren auf dem Boden aus. Die Sonne leuchtete blaß. Fischerboote schaukelten auf dem Wasser, Lastkähne glitten dahin. Alle Arten von Geräuschen ertönten.

»Wie lange ankert die »Mongolia« hier?« wollte Mister Fix vom Konsul wissen.

»So lange sie braucht, um Kohle zu bunkern. Vier Stunden.«

»Dann wird der Dieb mit Sicherheit von Bord gehen. Vielleicht sucht er hier sogar ein anderes Schiff. Ich glaube nicht, daß er nach Bombay weiterreisen wird. Bombay ist britisch, und dort liefe er unserer Polizei ja direkt in die Arme.«

»Aber ein englischer Verbrecher ist auf englischem Boden immer noch am sichersten vor der Polizei«, meinte der Konsul. Danach begab er sich wieder in sein Büro.

Als das Schiff bei der Einfahrt seine Ankunft mit lautem Tuten meldete, entstand ein Tumult. Ein Schwarm kleiner Boote legte vom Ufer ab. Einige Passagiere blieben am Geländer der »Mongolia«, um das Treiben zu beobachten, die meisten ließen sich von den Booten an Land rudern.

John Fix stand auf der Mole. Er starrte jedem Ankommenden ins Gesicht, fand aber nicht, was er suchte. Erschreckt fuhr er herum, als sich ihm eine Hand auf die Schulter legte. Ein Mann hielt ihm einen englischen Paß vor und sagte: »Ich brauche einen Stempel aus Suez, wo bekomme ich ihn wohl?«

Fix besah sich das Papier und sagte, als er sich von seinem Erstaunen erholt hatte: »Das ist nicht Ihr eigener Paß! Ihr Herr muß persönlich ins Konsulat kommen.«

»Ist das unbedingt nötig?« fragte Passepartout.

»Ja«, erwiderte Fix. Sein Herz hüpfte vor Freude. Passepartout entfernte sich, um seinen Herrn zu holen, der einem armen Händler einige billige Halsketten abkaufte, die er achtlos in seine Tasche steckte. Der Detektiv Fix eilte unterdessen ins Konsulatsbüro. »Mein Mann ist da«, rief er mit unterdrücktem Jubel. »Ich habe ihn! Herr Konsul, Sie geben ihm doch hoffentlich kein Visum für Bombay.«

»Aber er braucht kein Visum mehr!«

»Trotzdem müssen wir ihn hier festhalten, bis der Haftbefehl aus England eintrifft. Irgendeinen Vorwand müssen wir finden.«

»Ich wüßte keinen Grund, wenn der Paß in Ordnung ist«, erwiderte der Konsul würdig.

Gleich darauf erschien Phileas Fogg. Er erbat einen Stempel, der bewies, daß er am neunten Oktober in Suez gewesen war.

Der Konsul betrachtete den Paß so lange, daß Phileas Fogg ungeduldig wurde. »Ist irgend etwas nicht in Ordnung?« fragte er schließlich.

Der Konsul schüttelte seinen Kopf, wobei er Fix einen bedauernden Blick zuwarf. Er sagte zu Fogg: »Ihr Paß ist vollkommen in Ordnung, Sir.« Er setzte den Stempel hinein. Phileas Fogg bezahlte die Verwaltungsgebühr und verließ das Büro.

»Das war der Dieb«, erklärte Fix dem Konsul. »Mag die Nuß auch hart sein, ich werde sie knacken. Am besten hefte ich mich seinem Diener an die Fersen. Der ist Franzose, und die können den Mund nicht halten.« Danach lief er ebenfalls hinaus, um Passepartout zu suchen, der von seinem Herrn einige Aufträge erhalten hatte.

Phileas Fogg selbst ließ sich wieder auf die »Mongolia« übersetzen, begab sich in seine Kabine und holte sein Tagebuch hervor, das in rotes Leder eingebunden war. Säuberlich hatte er darin bisher jede Station der Reise eingetragen. Jetzt setzte er mit feiner Schrift hinzu: »Ankunft Suez: Mittwoch, neunter Oktober elf Uhr.« Dann ließ er sich mit gutem Appetit das Mittagessen servieren. Später verschwand er, wie in seinem Club, hinter der Zeitung, die sich hier Fellachen-Post nannte. Er ahnte nichts Schlimmes und war mit sich und der Welt zufrieden.

Die Sonne stand in der Ferne gleißend über den Dächern der lebhaften Stadt.

Passepartout hatte seine kleinen Besorgungen rasch erledigt. Nun hatte er noch Zeit. Männer, Frauen und Kinder umdrängten ihn. Sie wollten ihm jede Art von Kram verkaufen: Alabastervasen, angeblich echten Grabschmuck, Götterfiguren, Skarabäuskäfer aus Stein, die Katzenfigur Bastet, den Gott Anubis. Sie schrien, gestikulierten und streckten ihm alles entgegen. Passepartout war ein freundlicher Mensch, aber dies wurde ihm doch lästig. Er rettete sich auf den Rücken eines Kamels, dessen Treiber ihm ebenfalls ins Ohr gebrüllt hatte: »Kamel ... Kamel ... Sir ... Sir ... Mister ... Kamel wundervoll ... ganz sanft ... Sie reiten, Sir, reiten, Mister!«

Nun stieg Passepartout also auf, nachdem das Tier sich murrend hingekniet hatte. Beim Aufstehen wurde er ruckartig nach vor und zurück geschleudert. Dann setzte sich das Kamel schaukelnd mit weichen, gedämpften Tritten in Bewegung.

Passepartout schloß für einen Augenblick die Augen. Wie eine Fatamorgana stieg in seinem Inneren das Bild der Pyramiden mit der Sphinx davor auf, und er seufzte: »Ach, nun bin ich in Ägypten und darf sie nicht sehen! Immer weiter, immer nur weiter ...«

»He, Sie«, ertönte da eine Stimme von unten. Passepartout schreckte auf. Er sah einen rothaarigen Herrn in einem karierten Anzug. »Gefällt es Ihnen dort oben?« fragte dieser. »Ich werde auf diesen Tieren leicht seekrank.«

»Ich habe auch mein Vergnügen dabei gehabt«, meinte Passepartout. Er ließ anhalten und das Kamel niederknien. Er bezahlte und rutschte herab.

»Wohin reisen Sie?« fragte der karierte Herr geradeheraus. Passepartout hatte keinen Grund, etwas zu verschweigen. Er hatte auch keine Anweisung dazu. So erzählte er alles, von der Wette, von der bisherigen Reise. Und wie eilig sie es hätten. Nirgends könnten sie bleiben, nirgends etwas anschauen. An allen Sehenswürdigkeiten der Erde sausten sie vorbei.

Der Detektiv Fix rieb sich in Gedanken die Hände. Das alles paßte genau in sein Bild.

»Wie weit ist es noch nach Bombay?« fragte Passepartout.

»Zehn Tage«, antwortete Fix.

»Und wo liegt das?« fragte Passepartout.

»In Indien«, antwortete Fix.

»Ach verdammt, und die ganze Zeit brennt daheim mein Gas«, murmelte Passepartout und dachte an die Kosten.

Diese Bemerkung schien dem Detektiv Fix außerordentlich hintersinnig zu sein, geradezu vieldeutig.

Diese »Gas« war bestimmt ein Deckname, hinter dem sich alles mögliche verbergen mochte, vielleicht Komplizen des Gauners?

Vielleicht sogar ein ganzer Verbrecherring? Fix war auf einer heißen Spur, das war sicher. Er verabschiedete sich von Passepartout, der auf die »Mongolia« zurückfuhr. Fix begab sich dagegen in das Büro des britischen Konsuls. »Er ist es, er ist es«, jubelte er verhalten. »Der Mann versteckt sich hinter einem Spleen, er verbirgt sich hinter einer Wette. Er will die Leute glauben machen, daß er nur die Welt in achtzig Tagen umrunden wolle. Ha! Aber damit legt er mich nicht herein. Ich reise mit ihm nach Bombay! Dort bekomme ich einen Haftbefehl, dort entwischt er mir nicht! Good bye, good bye, Sir!« Fix eilte in sein kleines Zimmer. In fliegender Hast packte er Hemd, Strümpfe, Unterwäsche und Rasierzeug ein. Als die »Mongolia« um drei Uhr nachmittags aus dem Hafen von Suez dampfte, befand sich außer Phileas Fogg, Passepartout und all den anderen Passagieren auch der Detektiv John Fix an Bord. Er war entschlossen, sein Opfer nicht aus den Augen zu lassen.

Nach Indien und weiter

Das Leben an Bord der »Mongolia« war ruhig. Bei stiller See wurde getanzt. Begann das Schiff bei Wellengang aber zu schlingern, wurden die Paare auseinandergerissen und wieder zusammengeschleudert. Manch ein Reisender wurde seekrank. Nicht so Phileas Fogg, und auch Passepartout wurde von diesem Übel verschont. Mister Fogg blieb der gleichmütige Gentleman, der er immer gewesen war. Er fand bald Partner für das Kartenspiel, während Passepartout an der Reling lehnte und aufs Meer hinausschaute.

Detektiv Fix gesellte sich oft zu ihm. Längst hatten sie sich miteinander bekannt gemacht. Passepartout mochte den freundlichen Herrn im karierten Anzug, dessen Haare so feurig leuchteten und der ständig mit seiner Pfeife spielte, sie anzündete, ausgehen ließ, in den Händen drehte. Von ihm wollte er alles über Indien erfahren. »Ist es interessant dort, ist es schön? Was gibt es zu sehen?«

»Viel! Sie können Moscheen besichtigen, vor denen Fakire ihre erstaunliche Kunst zeigen. Es gibt Tiger und Schlangen und bunte Pagoden. Nicht zu vergessen die anmutigen Tempeldienerinnen. Haben Sie denn Zeit dafür, Passepartout?«

»Ich hoffe es sehr! Das kann doch nicht immer so weitergehen: rein in den Zug, raus aus dem Zug, rauf auf das Schiff, raus aus dem Schiff ... Ich denke, in Bombay hat auch mein Herr genug davon, und diese Hetzerei endet dort!«

»Davon bin ich auch überzeugt«, sagte Fix, meinte es aber ganz anders als Passepartout. Er dachte nämlich, daß er Fogg dort verhaften könne.

Am dreizehnten Oktober kam die Stadt Mokka in Sicht. Wie gern hätte Passepartout dort das Getränk geschlürft, das denselben Namen führte. Jetzt konnte er, mindestens von weitem, die Kaffeeplantagen sehen. Die Stadt mit den Mauern und dem Fort sah wirklich aus wie eine Mokkatasse mit Henkel.

Am nächsten Morgen waren sie in Aden. Wieder wurden Kohlen gebunkert.

Passepartout lehnte an der Reling, als Phileas Fogg nach ihm rief. Gemeinsam ließen sie sich an Land rudern, um einen neuen Stempel in den Paß zu besorgen.

Sie hatten keinerlei Schwierigkeiten. Danach kehrte Fogg in einem kleinen Boot sofort an Bord und dort an den Spieltisch zurück, um die Karten neu zu mischen.

Passepartout bummelte indessen durch die Stadt, da noch ein wenig Zeit blieb. Er wollte nicht immer nur hetzen und hetzen. Er mischte sich vergnügt ins Menschengewimmel, unter Somalis, Inder, Juden,

Araber, Perser und Reisende aus allen Ländern der Erde. Er staunte über die Befestigungsanlagen und über die Zisternen, an denen immer noch gebaut wurde, seit vor zweitausend Jahren König Salomon damit begonnen hatte.

Um achtzehn Uhr, also um sechs Uhr abends, wollte er sich auf die »Mongolia« zurückrudern lassen. Der Fährmann verlangte den zehnfachen Preis. Passepartout weigerte sich. Die Zeit verstrich, sie handelten, feilschten, der Preis wurde immer höher. Endlich stieg Passepartout ein, aber in der Mitte der Strecke nahm er den schmächtigen Araber unter den Achseln, hob ihn empor und tauchte ihn in die See – einmal, zweimal, dreimal ... Der Mann zeterte, und jedesmal versprach er, einen Teil des Geldes zurückzuzahlen. Da ließ es Passepartout genug sein. In letzter Minute, aber zufrieden, erreichte er das Schiff. Der Fährmann ruderte triefend und zähneknirschend zurück.

»Wie lange reisen wir noch bis Bombay?« wollte Passepartout von seinem Herrn wissen.

»Es sind genau einhundertachtundsechzig Stunden dafür vorgesehen«, antwortete dieser, ohne von den Karten aufzublicken.

Der Wind war günstig, und die »Mongolia« setzte die Segel, zusätzlich zur Kraft der Dampfkessel. Das gab dem Schiff auch eine bessere Lage im Wasser.

So kam es, daß die indische Küste als dunkler, feiner Streifen bereits Sonntag, den zwanzigsten Oktober, am Horizont auftauchte. Möwenschwärme umkrei-

sten das Schiff kreischend, mit elegant ausgebreiteten Flügeln.

Ein indischer Lotse kam an Bord. Sein Turban leuchtete hell. Er führte die »Mongolia« sicher an einigen kleinen Inseln vorbei. Dann fuhren sie in den Hafen ein.

Die Kais waren schwarz vor Menschen. Viele winkten. Händler reckten sich und hielten nach Kunden Ausschau.

Um halb fünf Uhr abends lag die »Mongolia« fest. Phileas Fogg spielte die letzte Karte aus und strich das Geld ein, das er gewonnen hatte. Er verzog dabei keine Miene.

Zu dieser Zeit gehörte ein Teil von Indien zum britischen Weltreich und unterstand der Königin Victoria. Ein anderer Teil befand sich in den Händen sehr reicher, einheimischer Fürsten, die kaum wußten, wohin mit ihren Perlen und Juwelen. Sie wohnten in prächtigen Palästen. Das Volk aber lebte in Armut.

Kaum war die »Mongolia« im Hafen von Bombay eingelaufen, hatte der Detektiv Fix sie schon sehr fix

verlassen. Er wartete das Ausfahren des Fallreeps gar nicht erst ab, sondern rutschte an einem Tau herunter. Er eilte zum Polizeidirektor. Schon in der Tür des Büros rief er: »Ist ein Haftbefehl aus London gekommen?«

»Bedaure nein, mein Herr!«

»Dann stellen Sie mir einen aus, und zwar schnell!«

»Das darf ich nicht, dazu ist nur die Zentrale befugt.«

Detektiv Fix war verzweifelt. Er versuchte mit allen Mitteln, einen Haftbefehl für Phileas Fogg zu erhalten – vergebens. Der Polizeidirektor von Bombay belehrte ihn: »Ihre Majestät, die Königin, schützt alle Bürger Großbritanniens vor Willkür. Das sollten Sie doch wissen, Herr Detektiv!«

Da mußte Fix sich entschließen, Fogg und Passepartout weiter zu folgen, wohin sie auch reisen sollten.

Phileas Fogg hatte seinen Diener wieder angewiesen, neue Hemden und Socken zu kaufen. »Komm dann gleich in den Zug nach Kalkutta. Ich warte dort auf dich. Erscheinst du nicht pünktlich, reise ich ohne dich weiter«, erklärte er.

Danach begab sich Fogg ruhig auf das Paßbüro, um sich den Stempel von Bombay geben zu lassen. Er sah nichts von den Sehenswürdigkeiten der Stadt. Keine interessierte ihn, nicht das Rathaus, nicht die Bibliothek, nicht die Festung, nicht die Docks, der Baumwollmarkt, die Basare, die Moscheen. Nicht einmal die berühmte Pagode mit ihren vieleckigen Türmen wollte er sehen.

Er studierte nur die Speisekarte vor einem bescheidenen Restaurant. Der Wirt eilte vor die Tür und pries seinen Hasenbraten an. Phileas Fogg ließ sich überreden. Er nahm am Tisch Platz. Der Braten kam, Fogg probierte, lehnte sich zurück und rief den Wirt herbei:

»Soll das ein Hase sein?« fragte er und rümpfte die Nase.

»Gewiß, mein Herr, aber es ist der besondere Dschungelhase.«

»Dann wette ich mit Ihnen, daß dieser Hase miau gemacht hat, als er in die Pfanne kam.«

»Nein, Mylord, ich schwöre, es ist keine Katze!«

»Schwören Sie nicht. Denken Sie daran, daß die Katzen in Indien einst heilige Tiere waren. Das waren noch schöne Zeiten.«

»Für die Katzen?« fragte der Wirt zwinkernd.

»Vor allem für die Fremden, die echten Hasenbraten essen wollten«, erwiderte Phileas Fogg. Er aß aber dann in Ruhe zu Ende.

Passepartout kaufte die Hemden und Socken und ahnte nun, daß die Reise weitergehen würde. Es gab wohl keine Hoffnung auf Ruhe.

Da er bis zur Abfahrt des Zuges noch Zeit hatte, schlenderte er durch Bombay und sah sich um. Bunt war das Völkergemisch. Und lustig war, daß man die verschiedenen Nationalitäten an den Kopfbedeckungen erkannte, wie sie durch die Straßen schwebten: Passepartout sah die Zylinder der Engländer, die Baskenmützen der Franzosen, die Zipfelmützen der Holländer, die Gamsbärte der Bayern. Die Perser trugen spitze Hüte, die Inder Turbane. Darüber amüsierte er sich.

So kam er an einen Platz, wo eine bunte Prozession vorbeizog. Eintöniger Gesang erfüllte die Luft. Wunderschöne Tempeltänzerinnen bewegten sich anmutig zur Musik von Streichinstrumenten und Trommeln. Viel Volk stand am Rand des Platzes, schaute zu und wiegte sich im Tanz und. Auch Passepartout sperrte Mund und Augen auf. »Endlich sehe ich einmal etwas von dem Land, durch das ich hindurcheile«, murmelte er.

Da fiel ihm ein, daß er zum Bahnhof mußte. Er setzte sich in Bewegung. Doch dann kam er an der berühm ten Pagode mit den vieleckigen Türmen vorbei. Er konnte einfach nicht widerstehen und rannte hin, um wenigstens einen Blick hineinzuwerfen. Schon stand er staunend in dem hohen, prächtigen Gewölbe, als er roh auf den Boden geworfen wurde. Drei Tempeldiener hatten sich auf ihn gestürzt. Sie rissen ihm die Schuhe und die Strümpfe von den Füßen und verprügelten ihn. Er aber machte sich frei, sprang auf und streckte zwei der Männer mit Faustschlägen zu Boden. In ihre langen Gewänder verwickelt, strampelten sie mit den Beinen. Passepartout sauste davon. Der dritte Tempeldiener nahm seine Verfolgung auf. Eine aufgebrachte Menge gesellte sich zu ihm. Sie hefteten sich an Passepartouts Fersen. Er war in höchster Gefahr.

Passepartout jagte durch die Straßen. Atemlos kam er zum Bahnhof. Er flog geradezu auf den Bahnsteig und sprang in den Zug, der sich auch glücklicherweise sofort in Bewegung setzte.

Phileas Fogg stand im Gang. Er hatte seinen Diener schweigend erwartet. Passepartout erzählte alles, noch keuchend.

»Ja, hast du denn nicht gewußt, daß man hier die Tempel nur barfuß betreten darf?« fragte sein Herr. Das war alles, was er zu dem Vorfall bemerkte.

Detektiv Fix, der ebenfalls in den Zug gestiegen war, hatte das mit angehört. Und das hatte ihn auf eine Idee gebracht. Er sprang gleich wieder aus dem fahrenden Zug und stürzte dabei der Länge nach auf den Bahnsteig. Die Menge, die Passepartout gefolgt war, hielt ihn für den Sünder und näherte sich drohend. Doch in letzter Minute erkannten die Leute, daß der Mann anders aussah. Fix verließ den Bahnhof mit triumphierendem Lächeln.

Quer durch den Dschungel

Die Eisenbahnlinie von der Hafenstadt Bombay im Westen nach der Hafenstadt Kalkutta im Osten führt quer durch Indien – eine riesige Entfernung. Passepartout drückte sich in eine Ecke des Abteils. Phileas Fogg saß ihm gegenüber und schwieg. Mit ihnen reiste ein Brigadegeneral, der Mister Foggs Partner beim Kartenspiel auf der »Mongolia« gewesen war: Sir Francis. Er war etwa fünfzig Jahre alt, sehr groß und strohblond.

Dröhnend fuhr der Zug über Viadukte. Dann klomm er dichtbewaldete Berge empor. Sir Francis hatte den Wunsch, sich mit seinem Reisegefährten zu unterhalten. Er erklärte: Noch vor wenigen Jahren war die Bahnlinie hier nicht fertig. Da mußte man das Gebirge und die Schluchten auf Elefanten, auf Eseln oder auf Sänften überwinden.«

»Könnte mich alles nicht aufhalten«, murmelte Phileas Fogg einsilbig und schwieg wieder.

Sir Francis versuchte es erneut: »Ihr Diener hat ja noch einmal Glück gehabt. Wenn man ihn gefaßt hätte, wäre er eingesperrt worden.«

»Dann wäre ich allein weitergereist«, antwortete Phileas Fogg. »Irgendwann wäre er schon nach London zurückgekehrt.«

Nun gab Sir Francis seine Versuche, zu einem guten Gespräch zu kommen, zunächst einmal auf. Passepartout hörte sowieso nichts. Er schlief mit nackten Füßen.

Nachts fuhren sie durch ein Gebirge. Man schrieb den zwanzigsten Oktober. Am folgenden Tag kamen sie durch eine Ebene, in der kegelförmige Pagodentürme aufragten wie Spielfiguren. Jetzt wachte Passepartout wieder auf und schaute verträumt aus dem Zugfenster. Fuhr er wirklich durch Indien? Eine von englischer Hand gefertigte Lokomotive zog ihn durch Baumwollfelder und Kaffeeplantagen.

Durch den Fensterspalt drang ein Duft nach Muskat, Gewürznelken und schwarzem Pfeffer herein.

Der Dampf aus dem Schornstein der Lokomotive legte sich wie ein Schleier über schlanke Palmen, auf malerische Häuser und reichgeschmückte Tempel. Dann wieder fuhr der Zug durch dichten Dschungel mit riesigen Bäumen. Aber vergeblich hielt Passepartout nach Tigern und Riesenschlangen Ausschau. Das Dröhnen der Räder vertrieb jedes Wild. Nur Elefanten blieben manchmal stehen und schauten hinter dem dampfenden Ungeheuer her.

Um zwölf Uhr dreißig hielt der schnaufende Zug in Burhampur. Passepartout sprang auf den Bahnsteig und kaufte nach langem, heftigem Feilschen ein Paar Sandalen, die mit falschen Perlen bestickt waren. Er fand sie wunderschön. Nun freute er sich auf die Weiterreise. Er gewann allmählich Gefallen daran. Sogar die Hast störte ihn nicht mehr. Wie viele Abenteuer würde er wohl noch erleben? Diese Aussicht versetzte ihn in freudige Unruhe.

Nach einem reichlichen Frühstück fuhren sie weiter. In der Abenddämmerung schnaufte der Zug wieder durch ein Gebirge. Die Nacht brach herein.

Am Morgen des zweiundzwanzigsten Oktober blieb der Zug plötzlich stehen. Sie befanden sich auf freier Strecke. Die Reisenden, die an die Fenster traten, erblickten nichts anderes als einige Bauhütten aus Bambus. Und der Schaffner lief an der Wagenreihe entlang und rief: »Alles aussteigen, alles aussteigen!«

Phileas Fogg und Sir Francis blickten einander an. Der eine vollkommen gelassen, der andere bestürzt. Passepartout sprang aus dem Wagen. Blaß kam er zurück: »Hier hört die Bahnlinie auf!« berichtete er.

»Wie bitte?« rief Sir Francis. Er wollte seinen Ohren nicht trauen. »Ja, wo sind wir denn?«

Sie stiegen aus und umringten den Schaffner. »Wann geht es weiter?«

»Das ist Ihre Sache!«

»Also sofort,« rief Sir Francis bestimmt.

»So suchen Sie sich schnell ein Fahrzeug. Hier endet die Bahn. Einundachtzig Kilometer von hier, in Allahabad, beginnen die Gleise wieder.«

»Aber in der Zeitung steht, daß die Strecke bereits fertig ist!«

»In der Zeitung steht viel! Die Reporter waren ein wenig schneller als die Wirklichkeit!«

Sir Francis, der Brigadegeneral, hielt dem Schaffner zornig seine Fahrkarte vor die Nase: »Dieses Billet gilt von Bombay nach Kalkutta!«

»Gewiß, aber nicht durchgehend. Das wissen alle Reisenden. Sie schlagen sich anderweitig durch. Und ich rate Ihnen dringend, sich rasch um ein Beförderungsmittel zu kümmern!«

Phileas Fogg erkannte, daß nichts anderes zu machen war. Er sagte nur: »Wir verlieren zwar Zeit, aber wir wollen gute Verlierer sein. Wir werden alles wieder aufholen. Wir haben ja zwei Tage Vorsprung. Am fünfundzwanzigsten, also erst in drei Tagen, mittags um zwölf Uhr fährt unser Schiff von Kalkutta nach Hongkong ab. Wir werden es wohl erreichen.«

»Ich bewundere Ihren Gleichmut«, bemerkte Sir Francis.

Die anderen Reisenden waren gewitzigter gewesen. Alle Fuhrwerke des Dorfes waren bereits vermietet und besetzt. In langen Reihen zogen sie aus dem Dorf. Die Leute saßen zwischen ihrem Gepäck auf quietschenden Karren, die von buckligen Ochsen gezogen wurden. Sie streckten ihre Köpfe aus irgendwie zusammengezimmerten Wagen, die eher aussahen wie Hütten oder Tempel auf Rädern. Sie hockten sogar auf geduldigen Eseln.

Passepartout rannte hinter der Karawane her. Er schwenkte die Arme: »Halt! Halt!« brüllte er. Doch niemand kümmerte sich um ihn, die Leute verschwanden im Urwald.

Einsam blieben Phileas Fogg, Sir Francis und Passepartout zurück.

Phileas Fogg faßte sich als erster. Mit unerschütterlicher Ruhe erklärte er: »Ich gehe zu Fuß.«

Passepartout betrachtete schweigend seine schönen neuen Sandalen. Er wußte, er würde sie bei einem Marsch durch den Dschungel einbüßen. Wortlos drehte er sich um und machte sich noch einmal auf die Suche nach einem Fahrzeug.

Er drang in schiefstehende Hütten, riß Bambusvorhänge beiseite, streifte durch Schweine-, Hühner- und Ziegenställe. Endlich schaute er durch ein Loch in einem Palisadenzaun. Da erblickte er vier kräftige grauborstige Baumstämme und darüber einen bauchigen Leib. »Seltene Pflanze«, murmelte er. Dann sah er vorne einen Rüssel und hinten einen winzigen Schwanz. Erfreut eilte er zu seinem Herrn und berichtete von seiner Entdeckung: »Ein Elefant!«

Der Besitzer des Tieres hauste in einer Hütte daneben. Phileas Fogg ging rasch zu ihm. »Vermieten Sie uns das Tier«, forderte er und hatte Glück, daß er verstanden wurde. Aber die Antwort war: »Nein!«

»Ich biete zehn Pfund«, sagte Phileas Fogg. Passepartout erbleichte, denn das war eine riesige Summe für so ein Tier. Der Inder schüttelte nur den Kopf. Phileas Fogg überlegte, daß der Elefant ungefähr fünfzehn Stunden bis Allahabad brauchen würde. Er bot zwanzig Pfund.

Der Inder bewegte wieder verneinend den Kopf.

»Vierzig Pfund!«

»Nein, nein!«

Passepartout zweifelte daran, ob der Mann überhaupt rechnen konnte.

Phileas Fogg sagte: »Ich werde Euch den Elefanten abkaufen. Ich biete tausend Pfund!«

Passepartout atmete tief durch. Der Inder schien zu erwachen, aber er schwieg immer noch.

Sir Francis flüsterte Phileas Fogg zu: »Sir, bleibt auf dem Teppich! Handelt nicht unüberlegt, später tut es Euch leid!«

Phileas Fogg bot weiter: »Eintausendzweihundert Pfund!«

»Irrsinn, Irrsinn«, flüsterte Passepartout.

Der Inder schluckte, aber er schwieg.

»Eintausenddreihundert . . . eintausendvierhundert . . . eintausendfünfhundert . . .«

Bei zweitausend Pfund streckte der Inder endlich Phileas Fogg seine dunkelhäutige Hand entgegen. Passepartout wollte die Reisetasche fast nicht öffnen, als sein Herr die Banknoten forderte, um den unverschämten Preis zu bezahlen.

Aber wer sollte den Elefanten leiten? Sie brauchten noch einen Führer. Das war glücklicherweise viel leichter. Sie fanden ziemlich schnell einen intelligenten jungen Mann. Er machte den Elefanten, den er Kiuni nannte, rasch reisefertig: An jeder Seite des mächtigen Leibes wurde ein Korb befestigt.

Inzwischen versorgten sie sich mit Reiseproviant. Danach lud Phileas Fogg Sir Francis ein, in dem linken Korb Platz zu nehmen. Ächzend zwängte sich der Brigadegeneral hinein. Phileas Fogg bestieg den rechten Korb, Passepartout kletterte auf den Rücken des Elefanten und sah links und rechts unter sich die Zylinder der Herren, in die Körbe verpackt. Der Erdboden – fand er – war schrecklich weit unten.

Der Elefantenboy schwang sich auf den Nacken des Elefanten und stieß einige Laute aus. Gleich setzte sich das graue Gebirge mit den schaukelnden Körben in Bewegung.

Es war neun Uhr, als sie das Hüttendorf verließen und im Urwald verschwanden. Phileas Fogg lehnte sich in seinem geflochtenen Behälter zurück und lächelte zufrieden.

Der Boy lenkte den Elefanten mitten durch den Urwald und durch das Gebirge. Das war der nächste Weg. Dadurch kürzte er die Strecke um dreißig Kilometer ab. Es war ein Trampelpfad, schmal und dunkel, dicht umgeben von Bäumen.

Passepartout hatte es schwer, seinen Platz auf dem Rücken des Tieres zu behalten. Er wurde vor- und zurückgeschleudert und fühlte sich wie ein Ball. Mal saß er vorn auf dem Hals und behinderte den Elefantenboy, mal hing er hinten am Schwanz und war in Gefahr, vollends hinabzurutschen. Oft bog der Elefant seinen Rüssel nach hinten. Passepartout dachte, er sollte ihm – gewissermaßen die Nase – mit seinem Taschentuch putzen, bis ihm der Boy sagte, daß Kiuni nur Zucker wollte.

Nach einer Stunde machten sie Rast. Das Tier trank einen kleinen Moorsee leer. Sir Francis vertrat sich die Beine im Unterholz, er fühlte sich wie gerädert von dem Geschaukel im Korb. Phileas Fogg ging gelassen auf und ab, so ruhig wie immer. Passepartout bereitete einen kleinen Imbiß.

Gleich danach trieb Phileas Fogg zum Weiterritt. Der Urwald schien nahezu undurchdringlich zu werden. Affen schwangen sich kreischend von Ast zu Ast. So ging es Stunden dahin. Endlich kamen sie wieder in eine weite, dürre Ebene. Diese Gegend wurde von Fremden kaum besucht, und die einheimische Bevölkerung ging noch den grausamsten religiösen Bräuchen nach. Manchmal näherten sich Scharen wilder Männer, die Äste schwangen und drohend brüllten. Dann trieb der Elefantenboy Kiuni zu schnellerer Gangart an. Da mußte sich Passepartout an die Reitdecke klammern, um nicht heruntergeschüttelt zu werden wie reifes Obst.

Eine unheimliche Prozession

Die Nacht verbrachten sie in einem verfallenen Haus. Fünfundzwanzig Kilometer hatten sie bereits zurückgelegt, noch einmal so viele lagen vor ihnen. Die Nacht war kalt. Der Elefantenboy entzündete ein Feuer. In seiner Nähe rollten sie sich in ihre Decken ein und schliefen. Kiuni schlummerte, indem er sich an einen Baum lehnte, der unter seinen Atemzügen schwankte. Der Urwald war laut in der Dunkelheit, es blaffte, jaulte, heulte, quiekte, schnarrte, quakte, trillerte und zirpte rundum.

Unsere drei – und der Boy – aber schliefen tief, denn sie waren erschöpft.

In aller Früh ging es weiter. Der Elefantenboy wollte noch am Abend in Allahabad sein. Kiuni stapfte die Abhänge des Gebirges hinauf und dann hinab in die Ebene des großen Flusses, der Ganges hieß und den Indern heilig ist. Er lenkte Kiuni um die Dörfer herum, denn auf freiem Feld waren sie sicherer. Mittags rasteten sie unter Bananenstauden.

Und wieder kamen sie in einen dichten Wald. Plötzlich blieb Kiuni stehen. Es war nachmittags vier Uhr. Die Sonne schimmerte gedämpft durch das Laub. »Was ist los?« fragte Sir Francis.

In der Ferne hörten sie Geräusche, die allmählich lauter wurden. Bald unterschieden sie Gemurmel und blecherne Instrumente. Der Boy sprang von Kiunis Nacken, band den Elefanten an einen Baum und verschwand im Dickicht. Nach einigen Minuten kehrte er zurück. Keuchend berichtete er: »Eine Brahmanenprozession. Man darf uns nicht entdecken!« Rasch führte er Kiuni vom Weg fort.

Durch Zweige und Blätter sahen sie die Prozession kommen. Trommeln und Zimbeln erklangen, düstere Gesänge erschallten. Männer, Frauen und Kinder sangen Lieder in abgehacktem Rhythmus. Priester schritten voraus. Zwei von ihnen zerrten eine wunderschöne Frau mit sich, die sich kaum auf den Beinen halten konnte und hin und her schwankte. Sie war hellhäutig wie eine Europäerin. Ihr ganzer Körper war mit Edelsteinen geschmückt. Krieger mit gezogenen Säbeln umringten sie und begleiteten zugleich den Leichnam eines alten Maharadschas, der hinter ihr hergetragen wurde.

Danach folgten vier Zebus, reichgeschmückte Rinder, die einen Wagen mit großen Rädern zogen. Die Speichen und Felgen zeigten ineinander verschlungene Schlangen. Auf dem Wagen stand eine Figur mit vier seitwärts gereckten Armen, deren große Augen leuchteten. Zwischen ihren üppig-roten Lippen hing eine dicke Zunge heraus, über ihren Brüsten baumelten Totenköpfe und um ihre Hüften spannte sich ein Gürtel mit abgehackten Händen. Diese Figur stand auf einem gestürzten Riesen ohne Kopf.

»Das ist Kali, die Göttin der Liebe und des Todes«, murmelte Sir Francis.

»Gott soll mich schützen«, flüsterte Passepartout.

Um die Figur drängten sich alle Fakire, die in Ekstase zuckten. Ihre nackten Körper waren mit orangefarbenen Streifen bemalt. Aus Schnitt- und Stichwunden, die sich selbst zugefügt hatten, tropfte Blut. Das Ende des Zuges bildeten Musikanten und Trauergäste, die mit ihrem ohrenbetäubenden Lärm die Instrumente noch übertönten.

Erregt blickte Sir Francis dem Zug nach, der im Wald verschwand. Er murmelte entsetzt: »Eine Sutti!«

»Was ist das?« fragte Phileas Fogg, ganz gegen seine Gewohnheit mit großem Interesse.

»Die junge Frau ist die Witwe des Maharadschas«, sagte Sir Francis. »Der grausame Brauch der Witwenverbrennung, der hier noch nicht ausgemerzt werden konnte, verlangt es, daß sie morgen früh mit dem Leichnam ihres Mannes dem Feuer übergeben wird.«

»Wie, lebendig?« Passepartout würgte es ungläubig heraus.

»Angeblich will sie es selbst und tut es freiwillig«, murmelte Sir Francis. »In Wahrheit wird sie gezwungen. Sollte sie sich aber weigern, würde sie von ihrer Familie verstoßen und hätte das schlimmste Leben. Viele ziehen daher den Feuertod einer lebenslangen Qual vor.«

»Diese junge Frau geht nicht freiwillig«, sagte der Elefantenboy leise, aber bestimmt. »Sie wurde mit Opium betäubt.«

»Woher weißt du das?«

»Man kennt ihre Geschichte. Sie ist die Tochter eines Kaufmanns und wurde in Bombay englisch erzogen. Sie könnte eine Europäerin sein, so gebildet ist sie. Aber sie ist Waise und wurde mit dem Maharadscha gegen ihren Willen vermählt. Drei Monate später war sie bereits seine Witwe. Sie versuchte zu fliehen, wurde aber wieder eingefangen, damit sie nun dem Brauch nach verbrannt werden kann.«

»Wo führt man sie hin?«

»In eine Pagode, die nur drei Kilometer von hier entfernt liegt«, erwiderte der Boy. »Könnte man sie nur retten! Morgen endet ihr Leben auf dem Scheiterhaufen. Aber wir können nichts machen. Wir können nur weiterreiten.«

»Halt!« rief da Phileas Fogg. »Wie nun, wenn wir sie befreien würden?«

Sir Francis verschlug es die Sprache. Aber seine Augen leuchteten.

»Ich habe noch gut zwölf Stunden Spielraum«, erklärte Phileas Fogg. »Die können wir dafür opfern.«

Passepartout atmete freudig auf. In diesem Augenblick liebte er seinen Herrn.

Und Sir Francis schüttelte Phileas Fogg die Hand. Er drückte sie kräftig. »Sie haben ja ein Herz in Ihrer Brust«, rief er.

Fogg antwortete so nüchtern wie bescheiden: »Nun ja, wenn es meine Zeit erlaubt!«

Gefahr und Flucht

Gewagter konnte ein Plan nicht sein. Wenn man sie dabei erwischte, ja, wenn man auch nur ahnte, was sie vorhatten, mußten sie um ihr Leben fürchten. Aber Passepartout war zum ersten Mal wirklich stolz auf seinen Herrn. Für General Sir Francis war es ebenfalls keine Frage, daß er sein Leben daransetzen würde, um die unglückselige Frau zu retten.

Wie aber würde sich ihr Elefantenboy dazu stellen? Schließlich war er ein Inder. Zu ihrer großen Freude erklärte er: »Ich verachte diese unmenschliche Sitte! Ich helfe Ihnen.«

So war alles klar. Sie beschlossen, sich im Schutz der Nacht an die Pagode heranzuschleichen. Eine halbe Stunde lang bewegten sie sich durch das Gebüsch, so geräuschlos, wie es mit dem Elefanten möglich war. Das kluge Tier schien zu spüren, was von ihm erwartet wurde. Es bewegte sich mit größter Vorsicht. So erreichten sie einen Platz in der Nähe des Tempels, von dem sie, hinter dichtem Laub verborgen, dennoch alles gut beobachten konnten.

Laut tönten das Geschrei und die Gesänge der erregten Menge.

Sie hatten Glück: Der Elefantenboy kannte diese Pagode. Sie berieten leise miteinander. Sollten sie durch die Tür hineinschleichen, wenn alle betrunken waren, oder war es besser, ein Loch in die Mauer zu brechen?

Eines war sicher: Heute nacht noch mußte die arme Frau befreit werden, morgen wäre zu spät.

Als es ganz finster geworden war, legten sie sich auf den Bauch und robbten vorwärts. Das Kreischen der Fakire war etwas leiser geworden, das Rauschgift, das sie reichlich genossen hatten, begann zu wirken. Der Elefantenboy rutschte voran. Die anderen folgten, so gut es ging. Bald erblickten sie den großen Holzhaufen, auf dem morgen die unmenschliche Zeremonie stattfinden sollte. Er lag im flackernden Fackellicht und erschien ihnen so düster und unheimlich, wie er es ja in Wirklichkeit auch war. Zuoberst lag der einbalsamierte Körper des toten Fürsten.

»Ich wünsche nur, daß er vergeblich auf seine Gemahlin wartet«, flüsterte Passepartout mit bebenden Lippen, fast unhörbar.

Schwarz hoben sich die Türme der Pagode vom bleichen Nachthimmel ab.

Mit größter Vorsicht bewegten sie sich durch das Gras. Immer wieder zuckten sie zusammen, wenn auch nur ein Ästchen knackte oder Blätter raschelten. Auf dem Platz vor der Pagode lagen dunkle Gestalten. Sie röchelten und atmeten tief und berauscht im Schlaf: Männer, Frauen und Kinder. Durch diese mußten sie sich hindurchschieben. Passepartout bahnte ihnen den Weg, indem er die Körper vorsichtig beiseite rollte. So kamen sie an die düstere Pforte des Tempels. Doch da schraken sie zurück: Mit gezückten Säbeln, die im Fackellicht funkelten, schritten Wächter davor auf und ab.

Es blieb ihnen keine andere Wahl, sie mußten den Rückweg antreten. Sie hofften, daß sich auch die Wächter einmal zur Ruhe legen würden. Sie warteten bis weit nach Mitternacht. Doch nichts änderte sich. Also mußten sie sich etwas anderes überlegen.

In der Pagode brannte ein mattes Licht. Waren die Priester dort drinnen genauso wachsam wie die Wachen hier draußen?

Es gelang den dreien, um die Pagode herumzukriechen. Auf der Rückseite des Tempels patrouillierten zwar keine Wächter, dafür gab es weder Fenster noch Türen.

Die drei Männer zogen ihre Messer heraus und versuchten, ein Loch in die Wand zu bohren. Es funktionierte sogar – plötzlich erhob sich in der Pagode Geschrei. Sie mußten in das Unterholz flüchten. Nun schritten die Wachen um den ganzen Bau herum, jeder weitere Versuch erschien zwecklos.

»Müssen wir wirklich aufgeben?« fragte Sir Francis zähneknirschend.

»Wir müssen es«, erklärte der Elefantenboy traurig.

»Nein, wir gedulden uns«, entschied Phileas Fogg. »Vielleicht haben wir Glück. Es genügt, wenn wir morgen Mittag in Allahabad sind.«

Sie entschlossen sich also, bis zum Tagesanbruch zu warten. Aber ihre Chancen schwanden mit jeder Stunde. Kam erst der Morgen und erwachten die schlafenden Menschen vor der Pagode, war alle Hoffnung vorüber. Die drei lagen grübelnd im Gras, über sich die Bäume, durch die der schmale Mond schimmerte.

Und dieser Mond – oder sonst irgend etwas – gab Passepartout eine Idee ein. Sie war so verrückt, daß er mit niemandem darüber reden mochte, aus Sorge, ausgelacht zu werden. Aber vielleicht sind die verrücktesten Ideen manchmal die besten!

Er erhob sich leise. Niemand bemerkte sein Fortgehen. Und er blieb verschwunden. Im Morgengrauen beachteten die anderen sein Fehlen nicht, denn die Ereignisse auf dem Tempelvorplatz nahmen ihre ganze Aufmerksamkeit in Anspruch. Der frühe Tag dämmerte.

Nun wurde die Tür der Pagode aufgerissen. Phileas Fogg und Sir Francis mußten mit ansehen, wie die bedauernswerte, schöne Frau herausgeschleppt wurde. Zwei Priester hatten sie beiderseits fest im Griff. In einer letzten Anstrengung ihres Lebenswillens bäumte sie sich auf. Vergebens.

Erregt packte Sir Francis Phileas Foggs Hand.

Und die Menge geriet in religiöse Raserei, die schlimmste Art des Fanatismus, die denkbar ist. Kreischend drängte man sich um die Witwe. Sie schien nun jeden Widerstand aufgegeben zu haben, willenlos taumelte sie voran. Süßlicher Geruch nach Opium und anderen betäubenden Kräutern verbreitete sich über dem Platz. Vor dem Scheiterhaufen sank die Ärmste bewußtlos zusammen.

»Wie eine Blume, die man vom Stengel gerissen hat«, murmelte Sir Francis. Niemand achtete auf Phileas Fogg, auf den General und den Elefantenboy, die sich nun aus ihrem Versteck herauswagten. Alle starrten nur zum Scheiterhaufen und auf das unselige Opfer. Kräftige Männer hoben ihren Körper und betteten ihn neben dem des Maharadschas. Sie bewegte sich nicht. Ein gnädiges Geschick hatte ihre Sinne betäubt.

Die Gesänge wurden lauter, brandeten auf, vermischten sich mit dem Kreischen. Die Musikinstrumente klangen schrill. Eine junge Frau trat vor. Mit unbewegtem Gesicht trug sie eine lodernde Fackel in der Hand, hielt sie empor – und führte sie an den Holzstoß. Da loderten die Flammen, züngelten, prasselten, fraßen sich aufwärts.

Fogg hielt es nicht. Er stürzte vor. Getrieben von Edelmut, wollte er sich mit seinem Taschenmesser zum Scheiterhaufen durchkämpfen. Er achtete sein eigenes Leben nicht.

Da erscholl ein Schrei des Entsetzens, der sich durch die Menge fortpflanzte. Denn der alte Maharadscha richtete sich in seiner ganzer Größe auf dem Scheiterhaufen auf. Er bückte sich, nahm die leblose Frau auf die Arme und sprang mit ihr hinab. Die Fakire, die Priester, die Leibwächter – sie alle fielen mit dem Gesicht auf den Boden und bedeckten ihre Augen mit den Händen. All das geschah in der gespenstischen Dämmerung des Morgens.

Auch Phileas Fogg, Sir Francis und der Elefantenführer waren wie erstarrt. Der Auferstandene lief zu ihnen, als ob er gerade sie suchte. Die ohnmächtige Frau lag leblos vor seiner Brust. Beine, Kopf und Hände baumelten schlaff herab.

»Rasch, rasch . . .«, rief ihnen da eine vertraute Stimme zu. Es war Passepartout! Er trug noch den Turban des Toten. Die Freude brachte sie blitzschnell zur Besinnung. Geistesgegenwärtig rannten sie zu Kiuni, der sie gleichmütig erwartete. In fliegender Hast betteten sie die Frau in den einen Korb. Sir Francis nahm seinen Platz auf der anderen Seite wieder ein, Passepartout erklomm, nun schon mit der Behendigkeit eines Affen, den Rücken des Elefanten, Phileas Fogg stieg hinter ihm auf, der Boy saß schon im Nacken des Tieres – und fort ging der wilde Ritt. Die Äste schlugen ihnen ins Gesicht.

Hinter ihnen heulte die wütende Menge. Man hatte inzwischen bemerkt, daß der Maharadscha noch auf dem Scheiterhaufen lag und jetzt von den Flammen verzehrt wurde. Schreiend hasteten die Priester hinter den Flüchtenden her, schwenkten die Arme. Pfeile schwirrten, aber der brave Kiuni, der den Rüssel hob und triumphierend trompetete, war schneller. Sie vermochten ihn nicht einzuholen. Erst blieben einzelne, dann immer mehr Verfolger zurück.

So waren sie gerettet, und die schöne Witwe mit ihnen.

Vielfacher Dank

Passepartout war voller Freude. Sir Francis, der General, reckte seinen Arm aus dem Korb zu ihm empor und drückte ihm dankbar die Hand. »Schade, daß ich keinen Orden bei mir habe«, murmelte er gerührt. »Du hättest einen verdient!« »Es ist wahr«, stimmte Phileas Fogg zu, der Passepartout umklammerte, um nicht hinabzufallen. »Es ist wahr. Das war ein Meisterstück!«

»Ach, es war eigentlich nichts Besonderes, es hat mir ja Freude gemacht«, erwiderte Passepartout und wehrte jedes Lob ab. »Wie Sie wissen, war ich einmal Feuerwehrhauptmann. Also ist es nur meine Pflicht, jeden Menschen aus den Flammen zu retten! Und außerdem war es ein Spaß, einmal den Gatten einer so wunderschönen Frau spielen zu dürfen, auch wenn es nur für kurze Zeit war – leider!«

Die junge Frau selbst hatte ihr Bewußtsein noch nicht wiedererlangt. Die gleichmäßigen Bewegungen des Elefanten wiegten sie in ihrem Schlaf.

Kiuni eilte durch den dichten Wald. Er trat sicher auf, er irrte sich nie. So erreichten sie bald eine große Ebene. Der Morgen war strahlend heraufgezogen. Um sieben Uhr früh wagten sie es, Rast zu machen. Sie versuchten, der jungen Frau etwas Wasser zu trinken zu geben, aber sie schlug die Augen nicht auf.

»Machen Sie sich keine Sorgen deswegen«, sagte Sir Francis. »Ich kenne die Wirkung von Rauschgiften. Sie dauert lange an, aber es besteht keinerlei Gefahr.« »Ich habe andere Sorgen«, erwiderte Phileas Fogg. »Solange sie in Indien ist, ist sie gefährdet. Eines Tages wird sie ihren Mördern unweigerlich wieder in die Hände fallen. Es täte mir sehr leid um sie . . .«

Passepartout wunderte sich, wie ungewohnt weich der Gesichtsausdruck seines Herrn war, mit dem er die schlafende Schönheit jetzt betrachtete.

Bald brachen sie wieder auf Um zehn Uhr waren sie in Allahabad. Von hier aus konnten sie wieder den Zug nehmen, der sie in vier Stunden zunächst nach Benares und von dort aus nach Kalkutta, der Hafenstadt an der Ostküste Indiens, bringen würde. Und von Kalkutta wiederum ging ihr Dampfer am nächsten Mittag um zwölf Uhr nach Hongkong. Dann waren sie schon weit um die Erde gereist.

Passepartout trug die junge Frau behutsam in ein Zimmer des Bahnhofhotels. Dann sandte Phileas Fogg ihn aus, Kleider und Toilettenartikel für sie einzukaufen. Nun war Allahabad zwar eine heilige Stadt, weil sich hier zwei heilige Flüsse miteinander vereinigten, der Ganges und der Dschumma, aber sonst war es ein tristes Nest.

Passepartout eilte durch die Straßen, er stieß mit den Leuten zusammen, er drängte durch die Menge, er warf sogar einen Blick der Bewunderung auf die prächtige alte Festung – aber er hielt vergeblich Ausschau nach einem anständigen Kleidergeschäft. Als er schon fast verzweifeln wollte, fand er einen Trödler, der seine Ware in einem düsteren Geschoß anbot. Passepartout kramte in all dem Plunder, fand endlich doch ein ordentliches Kleid aus Schottenstoff und einen Mantel.

Der Trödler verlangte fünfundsiebzig Pfund.

»Sie sind verrückt«, zeterte Passepartout, mußte aber doch zahlen und war schließlich sogar froh, denn er hatte recht gut eingekauft.

Als er ins Hotel kam, erwartete ihn neue Freude. Die junge Frau schlug die Augen auf, sie strahlten dunkel, in geheimnisvoll indischem Glanz. Sie war ein Wunder an Reiz. Man hatte sie für die schauerliche Zeremonie reich mit Perlen und Edelsteinen geschmückt.

Und wieder fiel Passepartout der sonderbar weiche

Gesichtsausdruck auf, mit dem Phileas Fogg die junge Frau betrachtete. Noch immer aber schwieg sie, wie wenn sie träumte.

Fogg bedankte sich bei dem Elefantenboy: »Du erhältst deinen Lohn, wie wir es vereinbart haben, und keinen Pfennig mehr«, erklärte er.

Darüber wunderte sich Passepartout nun wieder sehr und schob unzufrieden die Unterlippe vor. Schließlich hatte der Boy doch mehr geleistet. Er hatte ihnen geholfen, die schöne Frau zu retten.

»Du hast uns treu gedient«, sagte Phileas Fogg denn auch weiter zu ihm. »Und dafür wirst du besonders entlohnt. Was du sonst noch getan hast, dafür kann man dich niemals bezahlen. Nimm den Elefanten Kiuni dafür!«

Der treue Boy war außer sich vor Freude. Nun war Passepartout wieder einverstanden mit seinem Herrn. Er streichelte das gute Tier, das ihn zum Dank dafür in seinen Rüssel einrollte und ihn emporhob, worauf ihm Passepartout noch drei Zuckerstücke zusteckte. Nicht lange danach saßen die drei Männer und die junge Frau im Abteil des Zuges nach Benares. Sie war sanft an das Fenster gesetzt worden. Erst jetzt begriff sie langsam, daß sie noch am Leben war. In knappen Worten schilderte ihr der General alles. Ihre Augen füllten sich mit Tränen.

Nacheinander reichte sie allen die Hand. »Ich heiße Aouda«, erklärte sie. »Worte können meinen Dank niemals ausdrücken.«

»Nun, nun«, murmelte Phileas Fogg. »Es ist doch nicht der Rede wert. – Lady Aouda, Sie können nicht in Indien bleiben. Ich werde Sie nach Hongkong mitnehmen, wenn es Ihnen recht ist! Bleiben Sie dort, bis Gras über die Sache gewachsen ist.«

»Nichts könnte mir lieber sein«, seufzte sie. »Ich habe Verwandte dort, die mich vielleicht bei sich aufnehmen werden.«

»Also abgemacht«, sagte Phileas Fogg in seiner bekannt knappen Art.

Zwei Stunden fuhren sie. Als sie in Benares ankamen, war es zwölf Uhr dreißig. Diese Stadt war ein ödes Nest, das nur aus Lehmhütten bestand.

»Es tut mir wirklich leid, daß ich mich hier von Ihnen trennen muß«, erklärte Sir Francis, der General. »Hier erwarten mich meine Truppen. Ich drücke Ihnen die Daumen, daß Sie Ihre Wette gewinnen, Mister Fogg. Und Sie, liebe Aouda, verlasse ich nur höchst ungern.«

»Ich werde immer dankbar an Sie denken«, sagte Aouda schlicht.

Dann wandte sich der General an Passepartout: »Tüchtiger Kerl«, rief er. »Du könntest bei mir Gefreiter werden – ach, was sage ich: nicht nur Gefreiter – Offizier!«

Als er das Abteil verlassen hatte, schritt er aufrecht geradeaus, Soldaten erwarteten ihn vor dem Bahnhof.

Sie aber fuhren von Benares weiter in das Tal des Ganges, des heiligen Flusses. Eine bunte Landschaft zog an ihnen vorüber: bewaldete Berge, Gersten-, Mais- und Reisfelder, tote Flußarme und Teiche, in denen sich Alligatoren tummelten. An anderen Stellen badeten Elefanten und buckelige Zebus, auch Inder wuschen sich im kühlen Wasser. Immer wieder zogen auch Raddampfer vorüber, die dicke Rauchfahnen auf den Fluß und das Ufer legten und die Vögel aufscheuchten.

Städte und Dörfer flogen vorüber.

Hinter Gittern

Um sieben Uhr früh erreichten sie Kalkutta. »Wir haben noch fünf Stunden bis zur Abfahrt unseres Dampfers«, erklärte Phileas Fogg. »Dies hier ist die Hauptstadt Indiens. Wir erreichten sie genau nach meinem Plan. Dreiundzwanzig Tage sind wir nun unterwegs, Passepartout. Wir haben keine Zeit verloren, aber auch keine gewonnen. Wir gewannen etwas ganz anderes . . .« Er schaute Lady Aouda kurz an, wandte dann aber seine Augen rasch wieder ab.

Der Zug hielt zischend und dampfend. Phileas Fogg half der neuen Reisebegleiterin beim Aussteigen. »Wir gehen gleich zum Dampfer«, sagte er knapp. »Dann können wir Lady Aouda jene Bequemlichkeit und Sicherheit verschaffen, die sie braucht.«

Aber: »Halt!« wurde er angerufen. »Sie sind Mister Phileas Fogg!«

»In der Tat, der bin ich!«

»Und das ist Ihr Diener? – Folgen Sie mir!«

Fogg zuckte nur mit den Achseln. Ein Polizist vertritt das Gesetz, und einem Engländer ist das Gesetz heilig. So gingen sie, Passepartout mißmutig, Lady Aouda in bangen Zweifeln, ob sie etwa die Ursache der Verhaftung war.

Zwanzig Minuten lang wurden sie in einem klapprigen Pferdewagen durch die Stadt gerüttelt. Schmutzige und zerlumpte Leute aus allen Erdteilen drängten sich in den schmalen Gassen, überall lagen und hockten sie auch auf dem Boden.

Später wurde das Bild freundlicher, sie kamen in den europäischen Teil der Stadt. Hier erhoben sich weißgekalkte Ziegelhäuser im sanften Schatten von Kokospalmen. Durch die Straßen und über die Plätze trabten Reiter und fuhren elegante Kutschen.

Der Gefängniswagen hielt vor einem heruntergekommenen Gebäude. »Steigen Sie aus«, befahl ihnen der Polizist. Er brachte sie in eine Zelle. »Um acht Uhr dreißig stehen Sie vor dem Richter.«

Er ließ sie allein und verriegelte die Gittertür von außen.

Die heftigsten Gefühle rissen Lady Aouda hin, sie warf sich Phileas Fogg an die steife Brust und schluchzte: »Liefern Sie mich aus! Weil Sie mich gerettet haben, stürzen Sie sich nun ins Verderben!«

»Das glaube ich keinesfalls«, erwiderte Phileas Fogg und schob die junge Frau mit einer ungelenken Bewegung, aber sanft von sich. »Die Rettung einer unglücklichen Witwe vor dem Flammentod kann von keinem englischen Gericht bestraft werden. Das ist unmöglich! Nein, hier liegt bestimmt nur ein dummes Mißverständnis vor. Seien Sie beruhigt, um spätestens zwölf Uhr sind wir an Bord des Schiffes. Ich bringe Sie sicher nach Hongkong!«

Passepartout grübelte, ob er vielleicht die Ursache für ihre unangenehme Lage war.

Endlich wurden sie in einen Saal geführt, in dem bereits einige Zuschauer warteten. Phileas Fogg, Passepartout und Lady Aouda setzten sich vor die noch leere Schranke des Gerichtes.

Nach einer Weile erschien der Richter, er trug eine gekräuselte Perücke, ihm folgte der Gerichtsschreiber. Umständlich nahm der Richter Platz. Dann richtete er das Wort an sie: »Sie sind Mister Phileas Fogg?«

»So ist es, Sir.«

»Und das ist Passepartout?«

»Auch das trifft zu, Sir!«

»Also haben wir Sie endlich erwischt«, sagte der Richter. »Seit zwei Tagen werden die Züge nach Ihnen durchsucht!«

»Und warum?« fragte Passepartout vorlaut.

»Ich bin englischer Bürger, Sir!« rief Phileas Fogg etwas temperamentvoller als gewöhnlich.

Der Richter beachtete ihn gar nicht. »Die Kläger sollen eintreten«, befahl er.

Drei Hindupriester wurden hereingeführt. »Das sind sie«, flüsterte Passepartout heiser. »Diese Verbrecher wollen unsere schöne Witwe verbrennen!«

»Die Anklage lautet auf Tempelschändung und Entweihung eines Ortes, der den Gläubigen heilig ist«, las der Gerichtsdiener aus seinen Akten vor.

»Ich gebe alles zu«, erklärte Phileas Fogg gleichmütig.

»Wie, Sie gestehen?«

»Ja, aber ich verlange, daß die Priester ihrerseits erklären, was sie vor der Pagode Grauenhaftes zu tun beabsichtigt haben!«

Die Priester blieben stumm, sie schüttelten verständnislos ihre Köpfe. Da sprang der Richter auf. Er hielt etwas in die Höhe und rief: »Gehören Ihnen diese Schuhe, oder gehören sie Ihnen nicht?«

»Ja, das sind meine Schuhe«, rief Passepartout.

»Na also, das genügt«, sagte der Richter.

»Aber ich verlor die Schuhe ja nicht bei der Befreiung dieser Frau«, rief Passepartout. »Als ich die Witwe rettete, trug ich sie bereits nicht mehr. Ich kaufte mir andere.« Er zeigte seine mit falschen Perlen besetzten Sandalen.

»Ja,« sagte der Richter, »Sie haben Ihre Schuhe in Bombay verloren, in einer Pagode, die Sie geschändet haben, indem Sie sie mit Schuhen betraten!«

Im Hintergrund des Saales saß der Detektiv John Fix. Er rieb sich heimlich die Hände. Jetzt habe ich euch endlich, dachte er.

Er war es gewesen, der die Priester in Bombay dazu gebracht hatte, diesen Vorfall aufzubauschen und zur Anzeige zu bringen. Er hatte ein Telegramm nach Kalkutta geschickt, um Fogg und Passepartout hier deswegen festnehmen zu lassen. Denn noch immer hatte er den Haftbefehl aus London nicht erhalten. So aber konnte er den vermeintlichen Bankräuber wenigstens einige Zeit an der Weiterreise hindern.

Nun stand Passepartouts Schuld also fest. Der Richter erhob sich und sagte: »Die englischen Gesetze schützen alle Religionen. Passepartout hat gestanden, am zwanzigsten Oktober eine Pagode mit Schuhen betreten und die Priester niedergeboxt zu haben. Ich verurteile ihn zu vierzehn Tagen Gefängnis und zu dreihundert Pfund Geldstrafe.«

»Dreihundert Pfund!« schrie Passepartout, der sich so rasch nicht klarmachte, wieviel mehr vierzehn Tage Verzögerung für seinen Herrn bedeuteten.

»Ruhe«, herrschte ihn der Gerichtsdiener an. John Fix rieb sich seine Hände noch einmal.

Der Richter fuhr fort: »Da in dieser Sache gewiß ein Einverständnis zwischen Herr und Diener geherrscht hat und die Herren immer für ihre Diener verantwortlich sind, verurteile ich Mister Fogg ebenfalls zu einer Woche Gefängnis und zu einer Geldstrafe von einhundertfünfzig Pfund.«

Jetzt konnte sich Fix nicht mehr beherrschen, er sprang von seinem Stuhl auf und lachte zu den Gefangenen hinüber.

Nur Phileas Fogg behielt die Ruhe. Er sagte: »Ich biete Kaution an.«

»Das ist Ihr gutes Recht«, antwortete der Richter. »Da Sie Ausländer sind, zahlen Sie für jeden von Ihnen eintausend Pfund.«

Passepartout erbleichte. Zweitausend Pfund! Für nichts als eine Ungeschicklichkeit, die er unwissend begangen hatte!

Phileas Fogg ließ sich von Passepartout die Reisetasche geben und legte die Banknoten mit unbewegtem Gesicht vor.

»Sie erhalten Ihr Geld zurück, wenn Sie Ihre Gefängnisstrafe abgesessen haben«, sagte der Richter zu ihm. »Inzwischen sind sie frei!«

Nun raufte sich der Detektiv Fix die Haare. Heimlich stampfte er mit dem Fuß auf. Wieder hatte er sein Ziel nicht erreicht. »Aber ich folge euch ...« murmelte er. »Ich folge euch, und sei es bis ans Ende der Welt.«

Phileas Fogg dankte dem Richter mit einem Kopfnicken. Er bot Aouda den Arm. Passepartout bekam seine Schuhe zurück, die er mit Respekt betrachtete. Er murmelte: »Jeder von euch ist also tausend Pfund wert, wer hätte das gedacht!«

Sie verließen den Gerichtssaal. John Fix folgte ihnen. Seine größte Sorge war nun, daß der Bankräuber nach und nach alles geraubte Geld verschleuderte, von dem ihm ja, als Belohnung, einige Prozente zustanden. Er ahnte dabei nicht, wie ungeheuer kostspielig die Abenteuer Phileas Foggs bereits gewesen waren, wie unbedenklich dieser zum Beispiel Elefanten verschenkte, die er um ein Vermögen gekauft hatte.

Mister Fix in Nöten

Rangoon hieß der Schraubendampfer, mit dem sie ihre Reise fortsetzten. Auch er konnte zur Beschleunigung Segel setzen. Vierhundert Passagiere befanden sich an Bord, elf bis zwölf Tage sollte die Reisedauer nach Hongkong betragen.

Oft trafen sich Lady Aouda und Phileas Fogg an Deck, das war nur zu natürlich. Dabei erfuhr Phileas Fogg, daß die junge Frau zur vornehmsten indischen Kaste gehörte. Sie war die Verwandte eines Baumwollhändlers, und über diesen reichten ihre Beziehungen bis nach Hongkong. Darauf gründete sich ihre Hoffnung, dort eine neue Heimat zu finden.

»Freilich bin ich nicht sicher, ob man mich aufnehmen wird«, sagte sie.

Fogg tröstete sie: »Alles im Leben ergibt sich so, wie es muß!«

Lady Aouda sah ihn mit Augen an, die so still und klar waren wie Bergseen im Himalayagebirge.

Sie hatten zunächst gutes Wetter. Sie fuhren an Inseln vorbei, wo die Eingeborenen ihnen zuwinkten.

Was sie aber nicht wußten, war, daß sich auch John Fix an Bord befand. Er hielt sich nämlich im Hintergrund. Wie hätte er auch seine Anwesenheit begründen sollen? Bisher hatte er nicht das Geringste erreicht. Noch immer war der Bankräuber frei! Unruhig schritt er in seiner Kabine auf und ab: »Entweder liegt der Haftbefehl endlich in Hongkong, dann kann ich den Dieb dort festnehmen, oder er ist immer noch nicht eingetroffen, dann muß ich ihm weiter folgen, wohl oder übel. Er darf mir nicht entwischen!«

Fix grübelte lange. Schließlich entschloß er sich, Passepartout bei Gelegenheit reinen Wein über seinen Herrn einzuschenken: »Ich wette, der brave Kerl weiß nicht, daß sein Herr ein ganz gerissener Gauner ist!« Und wer war die Frau, die seit Kalkutta mit Phileas Fogg reiste? Hatte er sie entführt? Oder war es nur ein Zufall, daß sie mit ihm fuhr? Jedenfalls war sie hübsch, ach nein, wunderschön!

John Fix begab sich an Deck und suchte Passepartout. Dieser wunderte sich zunächst: »Sie hier? Ja, reisen Sie denn auch um die Erde, Mister Fix?«

»O nein! Ich werde sicher in Hongkong bleiben. Das hoffe ich jedenfalls. – Sagen Sie, Passepartout, will Ihr Herr diese Dame mit nach Europa nehmen?«

»Nein, sie bleibt in Hongkong bei reichen Verwandten.«

»Ach so! Nun, trinken Sie ein Gläschen mit mir?« Seit diesem Tag trafen sich die beiden öfter. Passepartout wunderte sich wirklich sehr über das Auftauchen von Fix. Wie denn, dachte er, hatten etwa die Mitglieder des Londoner Clubs ihn auf die Spur seines Herrn gesetzt? Mißtrauten sie ihm etwa? Sollte Fix ihm folgen und ihnen berichten, ob er auch wirklich um die Erde reiste? Das wäre doch eine zu schäbige Gesinnung!

Am Morgen des einunddreißigsten Oktober machte die »Rangoon« in Singapur fest, um Kohle zu bunkern. Sie hatten einen halben Tag gewonnen. Phileas Fogg ging mit Lady Aouda an Land, um die Stadt zu besichtigen. Mister Fix folgte ihnen heimlich, während Passepartout wieder Strümpfe und Hemden kaufte. Singapur ist flach und nicht groß. Es sieht aus wie ein hübscher Park. Phileas Fogg winkte einer Rikscha. Er fuhr mit Lady Aouda unter den glänzenden Blättern der Palmen, an Gewürznelkenbüschen und Pfeffersträuchern vorbei, an hohen Farnen und Muskatnußbäumen und anderen tropischen Gewächsen. Affen turnten in den Bäumen herum, bunte Papageien kreischten laut und flatterten von Ast zu Ast. Lady Aouda beachtete aber all den Zauber kaum. Sie lehnte sich im Sitz zurück und blickte Phileas Fogg an. Sie bewunderte die Gelassenheit, mit der er allen Widrigkeiten bisher begegnet war. Aber war nicht jetzt doch auch in seinen Augen ein gewisses Feuer zu erkennen?

Nach einer Stunde kehrten sie an Bord zurück. Mister Fix war ihnen vergebens gefolgt. Um elf Uhr stach die »Rangoon« wieder in See. Phileas Fogg rechnete, daß sie für die verbleibende Strecke nach Hongkong höchstens sechs Tage brauchen durften, damit er dort das Schiff nach Yokohama erreichte, am sechsten November.

Wenn es das Wetter zuließ, wurden die Segel gesetzt, dann rauschte die »Rangoon« nur so über die Wellen. Doch es gab auch andere Tage. Dann spielten Wind und Wellen mit dem Schiff, dann mußten die Segel gerefft, die Geschwindigkeit verringert werden. Dann, wenn Zeitverluste drohten, regte sich Passepartout sehr auf, so sehr, daß ihn John Fix fragte: »Sie haben es wohl sehr eilig, nach Hongkong zu kommen?«

»Gewiß, es geht ja um eine Wette und um viel Geld!«

»Ja, glauben Sie immer noch an dieses Märchen?«

»Es ist kein Märchen«, erwiderte Passepartout. »Aber Sie würde ich auf unserer Weiterreise wirklich vermissen, Mister Fix, wenn Sie in Hongkong zurückbleiben sollten.«

»Nun, wer weiß ... wer weiß ...« murmelte John Fix und zog an seiner Pfeife, die freilich nicht brannte, weil der Wind zu heftig blies.

Phileas Fogg ahnte nichts von den Schwierigkeiten, die er dem Detektiv Fix bereitete. In gleichmütiger Ruhe zog er seine Bahn um die Erde, wie ein Planet, der um die Sonne kreist. Und doch – gab es nicht etwas, das sein Herz schneller schlagen ließ und auch ihn in Unruhe versetzte, in eine angenehme Unruhe freilich? Das konnte nur Phileas Fogg selber wissen.

In der Hafenkneipe

In den letzten Tagen der Seefahrt wurde das Wetter schlimm. Die »Rangoon« rollte von einer Seite auf die andere. Die Segel mußten gerefft werden, schwere See überspülte das Deck, die Wogen gingen hoch. Phileas Fogg begann damit zu rechnen, daß sie zwanzig Stunden zu spät in Hongkong eintreffen würden. Dann war das Schiff nach Yokohama bereits abgefahren. Trotzdem zeigte er keinerlei Erregung, er runzelte nicht einmal die Stirn.

Nur Passepartout führte sich so auf, als müßte er die Wette aus eigener Tasche bezahlen. Immer wieder erkundigte er sich beim Kapitän, dann beim Steuermann, dann beim Zweiten Steuermann, dann beim Bootsmann und schließlich beim Maschinisten, wie lange solche Stürme denn gewöhnlich dauerten. Er wollte helfen, wo er konnte. Er kletterte in der Takelage herum, hinderte die Matrosen aber nur an ihrer Arbeit. Er klopfte so heftig ans Barometer, daß dieses herabfiel und kaputt ging.

Aber endlich legte sich das Unwetter. Am sechsten November kam Land in Sicht. Doch der Anschluß war sicher verpaßt.

Phileas Fogg befragte den chinesischen Lotsen, der an Bord gekommen war, nach der nächsten Fahrtmöglichkeit.

»Morgen früh mit der Flut«, war die Antwort.

»Wie, morgen früh? Ja, sollte denn das Schiff nicht schon gestern auslaufen?«

»Genau, Sir, aber die Abfahrt verzögerte sich durch eine Reparatur!« Dann wandte sich der Lotse ab, denn er mußte die »Rangoon« durch ein Gewimmel von Kähnen, Gondeln, Kuttern, Pirogen, Fähren und Dschunken hindurchsteuern, die im Hafen von Hongkong herumkreuzten. Um ein Uhr mittags legte das Schiff endlich an. – Sie hatten wieder einmal Glück gehabt.

Da sich Phileas Fogg zunächst um die Aufnahme von Lady Aouda bei ihren Verwandten kümmern wollte, ließ er sich mit ihr in zwei Sänften zur Börse tragen. Dort fragte er nach dem wohlhabenden Verwandten. Er erfuhr, daß dieser seinen Reichtum noch wesentlich vermehrt hatte und nach Europa ausgewandert war. Als Phileas Fogg ihr das sagte, senkte Aouda den Kopf und fragte sanft: »Was soll ich nun machen, lieber Mister Fogg?«

»Sehr einfach«, antwortete er ohne Zögern. »Liebe Lady Aouda, Sie kommen mit uns nach Europa!« Sie wollte höflich widersprechen. Aber für ihn war alles schon abgemacht. Er suchte nur noch ein gutes Hotel, damit sie sich ausruhen und erfrischen konnte.

Passepartout kaufte inzwischen neue Hemden und Strümpfe. Interessiert betrachtete er das Menschengewimmel, die Sänften mit ihren bunten Insassen und die Schubkarren mit den kleinen Segeln, in denen die verschiedensten Arten von Waren transportiert wurden.

Als er an den Anlegeplatz der »Carnatic« kam, traf er Mister Fix. Der Detektiv schritt mit hochrotem Kopf auf und ab. Er ärgerte sich, denn noch immer war kein Haftbefehl aus London eingetroffen. Er verstand die Welt nicht mehr. Passepartout spürte wohl, daß da etwas schiefgelaufen war und fragte scheinheilig: »Nun, folgen Sie uns auch noch nach Amerika?«

»Gewiß!« stieß Fix durch die Zähne hervor.

Gemeinsam gingen sie ins Schiffahrtsbüro und bestellten vier Kabinen. Der Beamte erklärte: »Ich mache Sie darauf aufmerksam, daß die »Carnatic« bereits um zwanzig Uhr abfährt, denn die Reparatur ist bereits ausgeführt.«

»Um so besser«, sagte Passepartout und freute sich über den Zeitgewinn.

Jetzt entschloß sich der Detektiv John Fix, alles auf eine Karte zu setzen. Er mußte Passepartout über seinen Herrn aufklären. Nur mit seiner Hilfe konnte es ihm gelingen, Fogg mindestens noch einige Tage in Hongkong festzuhalten. »Kommen Sie«, forderte er ihn auf, »nutzen wir die Zeit, trinken wir ein Glas miteinander.«

»Warum nicht«, meinte Passepartout.

Die Hafenkneipe war eher eine dunkle Höhle, in der hinten einige Matratzen lagen, auf denen sich die Berauschten ausschlafen konnten. Fix bestellte Portwein. Sie sprachen über das Wetter, über die Frauen, über das Reisen, über fremde Länder und die vielen wunderbaren Dinge, von denen Passepartout nichts erblickte, bei dieser Hetze. Sie tranken reichlich.

Plötzlich fragte Fix: »Haben Sie nun eigentlich erraten, wer ich wirklich bin?« und legte Passepartout eine Hand auf den Arm.

Passepartout dachte an den Aufpasser der Gentlemen und murmelte: »Aber gewiß! Nur haben die Gentlemen vom Club Sie vergebens bemüht, denn mein Herr macht keine krummen Touren.«

»Aber kennen Sie denn die Summe, um die es geht?«

»Freilich, zwanzigtausend Pfund!«

»Irrtum: fünfundfünfzigtausend!«

»Wie? Hat mein Herr denn den Verstand verloren und die ganze Wette noch erhöht?« Entsetzt trank Passepartout sein Glas aus.

»Ach, Wette … Wette … Hören Sie, Passepartout, wenn Sie mir helfen, Ihren Herrn einige Tage in Hongkong festzuhalten, bekommen Sie fünfhundert Pfund von mir. Auf diese Summe verzichte ich dann von der mir zustehenden Belohnung!«

»Fünfhundert Pfund? Ja, schämt man sich denn in London nicht? Erst schickt man Sie uns als Spion hinterher, und dann wirft man meinem Herrn auch noch die Knüppel zwischen die Beine!« Passepartout nahm empört einen großen Schluck. Er tat dies mehrmals, denn er war sehr wütend.

Der Detektiv Fix bestellte die zweite Flasche. »Ja, wir müssen ihn doch fangen«, rief er. »Das ist doch meine Aufgabe, wofür halten Sie mich denn eigentlich?«

»Für einen hinterhältigen Spion des Clubs aus London!«

»Aber nein, ich bin Detektiv. Ich arbeite für Scotland Yard. Die Wette von Mister Fogg ist doch nur ein Vorwand. Begreifen Sie das endlich! Hören Sie, am achtundzwanzigsten September wurden aus der Bank in England fünfundfünfzigtausend Pfund geraubt. Hier ist der Steckbrief des Diebes …« John Fix zog das Papier aus der Tasche und wedelte damit Passepartout vor der Nase herum. »Er paßt genau auf Ihren Herrn!«

»Unsinn, Mister Fogg ist die ehrlichste Haut der Welt.« Wieder trank Passepartout aus. Wieder schenkte Fix nach.

»Sie Narr! Wollen Sie als sein Komplize mit eingesperrt werden?«

Passepartout schaute sein Gegenüber verwirrt an. Der Alkohol hatte seine Wirkung bereits getan. Er konnte nicht mehr klar denken. Dennoch murmelte er: »Mein Herr … kein Dieb! Lüge … Ich … ein treuer Diener! Ich verrate … nie … nie … nie!«

Er sank am Tisch zusammen und legte den Kopf in seinen Arm. Er war betäubt. Wer weiß, vielleicht hatte ihm der Wirt Rauschgift in den Wein getan – auf Anweisung von Fix.

»Zum Teufel mit Ihnen!« Fix erkannte, daß mit Passepartout jetzt nichts mehr anzufangen war. Er winkte dem Wirt. Gemeinsam schleppten sie Passepartout zu einer der Matratzen im Hintergrund des Raumes. Mochte er dort seinen Rausch ausschlafen.

Ein kleines Schiff

Phileas Fogg und Aouda promenierten in aller Ruhe durch die belebten Straßen Hongkongs. In aller Ruhe speisten sie und suchten danach ihr Hotel auf. Als am nächsten Morgen Passepartout immer noch nicht erschienen war, verzog Fogg dennoch keine Miene. Er bestellte gelassen zwei Sänften und ließ Lady Aouda und sich selbst zur »Carnatic« tragen.

Jedoch: Die »Carnatic« hatte Hongkong bereits verlassen. Sie kamen zu spät, weil Passepartout seinen Herrn nicht über die Vorverlegung der Abfahrtszeit informieren konnte.

»Passepartout wird schon auf dem Schiff sein«, erklärte Phileas Fogg. Das war seine einzige Reaktion.

Da trat ein Mann hinter sie. Es war der unermüdliche John Fix. »Ist Ihnen der Dampfer auch vor der Nase davongefahren?« fragte er und freute sich insgeheim. »Nun müssen wir acht Tage hier warten.«

»Das werde ich keinesfalls tun«, erklärte Fogg. »Es gibt schließlich noch andere Schiffe.«

Doch es war nicht leicht, eines zu finden. Drei Stunden lang suchte Fogg im Hafen. Endlich fand er einen Mann, der ihm riet: »Nehmen Sie das Lotsenboot ›Tankadere‹. Es ist das beste Schiff der Welt.«

»Wer sind Sie?«

»Ich bin der Eigner und Kapitän der ›Tankadere‹.« Phileas Fogg musterte den Mann. Sein Gesicht war narbig und wettergebräunt, seine Augen funkelten. Er sah vertrauenswürdig aus. »Abgemacht« erklärte Fogg. »Wir nehmen Ihr Schiff bis Yokohama!«

»Bis Yokohama!« Nun war der Kapitän doch entsetzt. »Aber das ist ja fast eine Weltreise, viel zu weit für mein kleines Schiff. Es hat ja nur zwanzig Bruttoregistertonnen.«

»Das ist mir gleich«, sagte Fogg. »Ich will in Yokohama den Dampfer nach San Francisco erreichen.«

»Aber das können Sie auch in Schanghai, Sir. Nach Schanghai können wir an der chinesischen Küste entlangfahren, das ist wesentlich sicherer und kürzer. Ihr Dampfer läuft dort am elften November um sieben Uhr abends aus.«

Phileas Fogg überlegte kurz. »Gut«, sagte er dann. »Das sind vier Tage. Sie bekommen hundert Pfund am Tag und zweihundert Pfund extra, wenn Sie pünktlich sind!«

Das war sehr viel Geld. Des Kapitäns Augen glänzten. Er dachte an seine Kinder, an seine Frau. Er reichte Fogg die Hand. »In einer Stunde können wir lossegeln«, erklärte er. Und er verschwand gleich, um alles vorzubereiten und Proviant an Bord schaffen zu lassen.

Noch immer stand Fix unschlüssig hinter Fogg. Was sollte er nun tun? Nun ging ihm der unheimliche Mensch schon wieder durch die Lappen. Aber da sagte gerade dieser Mann zu ihm: »Wenn Sie es genauso eilig haben wie ich, dann reisen Sie doch einfach mit uns!«

Fix nahm überglücklich an und beeilte sich, seine Sachen zu holen.

Auf der »Tankadere« mußten sich Fogg, Lady Aouda und Fix eine Kabine teilen, in der sich drei Kojen befanden. Pünktlich um drei Uhr nachmittags lief das kleine Schiff aus. Es war ein elegantes Schiff, der Rumpf weiß und langgestreckt, die Kupferbeschläge glänzten, und der Kapitän war ein vorzüglicher Seemann. An zwei Masten waren Segel aufgezogen, und bei gutem Wind konnte ein zusätzliches Ballonsegel gesetzt werden. Vier kräftige, wenn auch schlecht rasierte Seeleute arbeiteten an Bord, als sie den Hafen von Hongkong verließen. Schnell wurden die Häuser, schnell wurden die Hügel und Inseln kleiner.

Um Passepartout, den Phileas Fogg auf dem Dampfer nach Yokohama vermutete, machte sich nur einer Gedanken: der Detektiv Fix. Nun hoffte er immerhin, daß sich der brave Kerl in Hongkong seinen Rausch ausschlief und keinen Schaden genommen hatte.

Das Unternehmen wurde eine gewagte Reise. Das Gelbe Meer ist gefürchtet wegen seiner Stürme. Aber zunächst glitt die »Tankadere« leicht wie eine Möwe dahin. Die Nacht kam, und der Mond stieg aus dem Wasser empor. John Fix stand grübelnd an Deck. Was sollte er machen, wenn der Bankräuber Fogg Amerika erreichte? Dann konnte sich jener genußvoll zurücklehnen und seinen Raub genießen – fünfundfünfzigtausend Pfund: ein Vermögen! Dann blieb ihm, John Fix, nichts anderes übrig, als sich etwas Neues auszudenken, damit man Fogg vielleicht des Landes verwies. Wenn das geschah, bekam er ihn doch noch!

Die Sonne sank in roter Glut. Das war eigentlich kein gutes Vorzeichen. Aber die Nacht verlief noch ruhig. Bei Sonnenaufgang hatte man schon hundert Seemeilen zurückgelegt. Die See war ruhig, der Wind flaute sogar ab. Der Kapitän ließ ein Schönwettersegel setzen. Am Abend hatte man schon zweihundertzwanzig Seemeilen zurückgelegt.

Am nächsten Tag fuhr man zwischen dem chinesischen Festland und der Insel Formosa hindurch. Nun wurde die See unruhig. Wellen, die sich überschlugen, machten dem kleinen Schiff zu schaffen, ließen es tanzen. Die Passagiere hatten Mühe, sich auf den Beinen zu halten.

Der Kapitän äußerte sich recht besorgt: »Wir müssen wohl mit einem Wettersturz rechnen!« Er ging zu Fogg hinüber, der schweigend über die Reling schaute: »Vertragen Sie die Wahrheit, Sir?« fragte er düster.

»Nichts besser als das«, war die Antwort.

»Es wird auf Leben und Tod gehen«, sagte der Kapitän. »Im Süden zieht ein Taifun auf. Sie wissen, was das bedeutet!«

Fogg nickte nur.

Der Kapitän ließ alle Segel reffen. Nur eine Schlechtwetterfock blieb stehen, damit das Boot am Wind gehalten werden konnte. Alle Luken wurden dichtgemacht.

So trieb die »Tankadere« einen ganzen Tag lang im Sturm nach Norden. Hunderte von Malen drohten Wellen über ihr zusammenzubrechen. Klatschnaß klammerten sich die Passagiere an die Masten oder an das Geländer. Am Abend drehte der Sturm nach Nordwest. Mit ungeheurer Wucht prallten die haushohen Wellen an die Planken. Das Jüngste Gericht schien losgebrochen zu sein. Der Kapitän brüllte durch den Sturm: »Wir müssen einen Hafen anlaufen, Sir!«

»Gewiß«, antwortete Phileas Fogg ruhig, »den Hafen von Schanghai!«

Da verschlug es dem Kapitän nun doch die Sprache. Die Nacht war die Hölle. Fogg umschlang Lady Aouda mit starkem Arm, um sie davor zu bewahren, über Bord gespült zu werden. Sie klammerte sich an ihn. Fix verfluchte diese teuflische Fahrt.

Auch am nächsten Morgen ließ der Wind nicht nach, doch drehte er nach Südost. Die »Tankadere« bewies, daß sie ein Meisterstück der Schiffsbaukunst war.

Nun tauchte ab und zu ein Stück Land zwischen den Nebelfetzen auf. Gegen Mittag spürten sie, daß die Gewalt des Sturmes nachließ. Die Nacht wurde ruhiger. Am Morgen des elften November war alles überstanden. Es wurden wieder Segel gesetzt.

»Noch einhundert Seemeilen«, bemerkte Fogg. »Wir haben viel Zeit verloren. Noch heute Abend fährt unser Schiff nach Yokohama von Schanghai ab.«

Der Kapitän sah seine Belohnung von zweihundert Pfund dahinschwinden, denn der Wind flaute merklich ab. Alle Segel wurden gesetzt. Die Zeit verstrich. Nur John Fix freute sich. Er hoffte, daß der Dampfer in Schanghai bereits ausgelaufen war, bevor sie den Hafen erreichten. Um achtzehn Uhr lag die »Tankadere« nur noch zehn Seemeilen von der Mündung des Schanghaiflusses entfernt, hatte also noch zweiundzwanzig Seemeilen bis zum eigentlichen Hafen, der weiter oben am Strom liegt. Der Kapitän fluchte gotteslästerlich.

Da erschien in der Ferne eine schwarze Rauchwolke. »Verdammt!« rief der Kapitän enttäuscht. »Das ist Ihr Dampfer, Sir. Er hat bereits abgelegt. Wir können ihn nicht mehr erreichen!«

»Geben Sie Notsignale« befahl Fogg. Der Kapitän stutzte, lächelte dann aber. Die kleine Bordkanone wurde mit Ladung versehen. Die Seenotflagge stieg flatternd am Mast empor.

Würde der amerikanische Dampfer die Zeichen bemerken und seine Fahrt unterbrechen, um die scheinbar Schiffbrüchigen an Bord zu nehmen? »Feuer!« befahl Fogg.

Zirkuskünste

Wie war es inzwischen unserem tapferen Freund Passepartout ergangen? Er schlief tief und fest auf der Matratze der Hafenkneipe in Hongkong. Aber ehe die »Carnatic« auslief, erwachte er. Noch benommen torkelte er zum Schiff, wankte als letzter die Gangway hinauf und fiel in eine Taurolle, wo er weiterschlummerte. »Wenigstens bin ich pünktlich«, murmelte er, noch halb benommen.

Als er endgültig erwachte, war das Schiff schon auf hoher See. Er durchsuchte jede Ecke und jeden Salon, jede Treppe und jede Kabine nach seinem Herrn und der schönen jungen Frau – vergeblich! Da erinnerte er sich, daß die »Carnatic« ja verfrüht ausgelaufen war und daß sein Herr davon vermutlich nichts gewußt hatte. Das war sein, Passepartouts Versäumnis gewesen, denn er hatte Fogg nicht darauf hingewiesen. Er war untröstlich! Immerhin, die Passage nach Yokohama war bezahlt, noch brauchte er nicht zu leiden. Dort angekommen freilich, besaß er keinen Pfennig mehr.

Er hatte eine gute Fahrt. Ohne Schwierigkeiten erreichte er Yokohama in Japan. Unschlüssig und lustlos streifte er durch die Straßen, sah bizarre Tempel, stand am Straßenrand und ließ Prozessionen vorüberziehen. Er staunte über kleine Wägelchen, die von einem Menschen gezogen wurden und in denen ein anderer Mensch saß – sogenannte Rikschas – und über andere Fuhrwerke der verwegensten Art. Die Frauen liefen auf hochhackigen Holzsandalen.

Passepartout verspürte Hunger. Sehnsüchtig betrachtete er ein Teehaus, in das er nicht eintreten konnte. Er hatte ja kein Geld. So kam der Abend, und die Straße wurde zu einer Bühne. Zauberer, Clowns und Marionettenspieler unterhielten die Leute. Am Meer lockten Fischer ihren Fang mit Harzfackeln an. Passepartout rollte sich unter einer Holzbrücke zusammen und schlief die Nacht durch.

Am Morgen lief er in einen Park. Dort fand er auf einer Bank ein vergessenes Körbchen mit Äpfeln und Pflaumen. Damit stillte er seinen ärgsten Hunger. Er überlegte: Konnte er nicht vielleicht mit seiner schönen Stimme etwas anfangen? Er stellte sich unter eine Weide und trällerte. Aber nur Spatzen, Tauben, Krähen und Enten, wilde Gänse und Reiher flatterten oder stolzierten um ihn herum.

Passepartout beschloß, sich japanische Kleidung zu besorgen, denn in seinem europäischen Anzug konnte er hier wohl nichts werden. Er suchte einen Trödler. Es gelang ihm, mit Händen und Füßen redend, seinen guten Anzug aus bestem englischen Tuch für einige japanische Lumpen einzutauschen. Als er die schiefe Bretterbude schließlich verließ, trug er ein verschlissenes Gewand. Er hatte sogar noch einige Kupfermünzen bekommen. Nun eilte er in eine Garküche und bekam ein halbes Hühnchen, Reis und mehrere Schalen Tee. Er fühlte sich gerettet und hatte neuen Lebensmut. Sein Ziel war Amerika. Konnte er nicht auf einem Schiff als Tellerwäscher oder Schiffsjunge arbeiten?

Beschwingt ging er zum Hafen. Da fiel sein Blick auf einen Clown, der ein riesiges Plakat in englischer Sprache durch den Hafen schleppte:

William Batucular präsentiert japanische Superartisten und Wunderakrobaten – letzte Vorstellung vor der Abreise nach Amerika.

Hurra, dachte Passepartout. Da will ich ja hin! Er folgte dem Plakatträger bis zu einer Schaubude. Am Eingang hingen bunte Fähnchen, und an den Wänden waren Frauen in grellen Artistentrikots abgebildet.

Diese Bude gehörte dem höchst ehrenwerten Mister William Batucular. Er war der Direktor von gelenkigen Seiltänzern, verblüffenden Zauberern, geschickten Jongleuren, lustigen Clowns, wagemutigen Akrobaten und kräftigen Turnern. Sie alle traten jetzt in Yokohama, also im Reich der aufgehenden Sonne, auf und begeisterten das Publikum.

Passepartout nahm all seinen Mut zusammen und fragte einen Bühnenarbeiter nach Mister Batucular. Er mußte nicht sehr lange warten, bald tänzelte ihm ein kleines Männlein mit rundem Bauch entgegen, das ein Monokel im linken Auge trug.

»Was wünschen Sie?« fragte der Direktor.

»Ich biete mich Ihnen als Diener an«, erwiderte Passepartout.

»Als Diener?« Mister Batucular trat erstaunt einen Schritt zurück. Er musterte Passepartout von oben herab. »Ich habe schon zwei«, rief er. »Und was für welche! Sie kosten mich nicht mehr als etwas Fleisch jeden Tag. Sie sind mir treu und noch niemals fortgelaufen!« Er krempelte die Hemdsärmel auf und zeigte seine beiden Arme. Sie waren mit schwarzen Haaren bewachsen, durch die sich dicke Adern schlängelten.

»Aber der dritte Diener dazu, den ich Ihnen anbiete, würde Ihnen viel mehr nützen«, rief Passepartout und zeigte auf sich.

»Pah! Ich habe auch noch einen dritten«, knurrte William Batucular.

»Wo ist er? Wer ist es?«

»Das verrate ich nicht!«

Passepartout schob die Unterlippe vor. »Schade, murmelte er. »Ich wäre gerne mit ihm in Wettstreit getreten und mit Ihnen weitergefahren.«

»Ach, daher weht der Wind! Sie suchen eine Reisegelegenheit und haben kein Geld?« William Batucular lächelte verständnisvoll. Er fragte: »Nun, wer sind Sie denn?« Passepartout begann ihm irgendwie zu gefallen. »Sie haben sich doch nur als Japaner verkleidet«, meinte er, »oder irre ich mich?«

»Nein, Sie irren sich nicht, ich bin Franzose«, erklärte Passepartout. »Und ich will hier weg!«

»Franzose? Können Sie Ihr Gesicht verziehen und Fratzen schneiden?«

»So gut . . . ja, vielleicht noch besser als jeder Amerikaner!« Passepartout begann gleich mit seiner Kunst. Er tat es so gut, daß Mister Batucular zurückschreckte.

»Genug, genung«, rief er. »Das genügt. Einen Diener kann ich zwar nicht brauchen. Aber als Hanswurst könnte ich Sie einstellen. Wie heißen Sie?«

Passepartout nannte seinen Namen.

»Gut, Passepartout, sagen Sie, wie stark sind Sie?«

»Oh, ziemlich! Besonders, wenn ich gut gegessen habe!«

»Ich verstehe den Wink! Sie bekommen zu essen. Ja, gut . . . Aber können Sie auch singen?«

Passepartout wölbte seine Brust vor, reckte den Hals und trällerte einen Marsch.

»Das mag gehen«, rief Batucular. »Und können Sie auch einen Handstand machen?«

»Gewiß!«

»Aber dabei müssen Sie auf dem rechten Fuß einen Kreisel rotieren lassen, auf dem linken Fuß einen Säbel balancieren und außerdem ausdrucksvoll singen!«

»Ach«, murmelte Passepartout ein wenig gequält, »das alles konnte ich schon als kleines Kind!«

So wurde Passepartout engagiert – als Hanswurst, als Sänger, als Trottel, als Artist, je nach Bedarf.

Passepartout jubelte. Er war nun Mitglied einer berühmten Truppe und hoffte, in einer Woche in Amerika sein zu können. Dann würde er weitersehen.

Um fünfzehn Uhr war die erste Vorstellung. Eingeborene und Europäerinnen, Chinesen und Japanerinnen, Männer und Frauen drängten sich auf den Holzbänken der bunten Bude. Lärmend setzte das Orchester ein. Ein Kunstraucher verblüffte mit seiner Pfeife, indem er qualmende Worte in die Luft schrieb.

Der fünfjährige Sohn des Direktors ließ Kreisel über die Glatze des Tambourmajors laufen, auf ein Seil empor. Es folgten Luftsprünge, Kopfstände, Purzelbäume und Balanceakte. Als Höhepunkt kam dann eine Menschenpyramide, ausgeführt von den Langnasen. Man verkleidete Passepartout und befestigte ihm eine riesenlange Holznase im Gesicht. Auf diese Nase kletterten die Balancekünstler – es war ein höllisches Gewicht. Die Artisten stiegen fast bis an die Decke . . .

Da brach die Pyramide zusammen.

Und warum?

Passepartout hatte in den Reihen Phileas Fogg und Aouda entdeckt. Da hielt es ihn nicht mehr – und daher hielt die Pyramide nicht mehr.

Passepartout riß sich die lange Nase ab, die Artisten purzelten herab, kamen aber sicher auf die Beine. Und Passepartout sprang über die Bänke.

»Sind Sie es wirklich?« rief er.

»Bist du es wirklich?« fragte Phileas Fogg. Lady Aouda schlug beglückt die Hände zusammen. Eilig verließen sie die Bude, fluchtartig, denn hinter ihnen war die Hölle losgebrochen. Man wollte Passepartout festhalten, aber sie entkamen durch einen Seitenausgang.

Mit langen Schritten rannten, nein flogen sie zum Hafen und zum Dampfer nach San Francisco. Dort geleitete Phileas Fogg Lady Aouda über die Gangway an Bord, drehte sich aber immer wieder nach Passepartout um, denn dieser sollte ihm nicht noch einmal verlorengehen.

Nach Amerika

Was war geschehen? Unser Phileas Fogg hatte in Schanghai das Schiff nach San Francisco, das über Yokohama fuhr, stoppen können. Man nahm ihn, Lady Aouda und Mister Fix an Bord. Der Kapitän der »Tankadere« erhielt seine volle Belohnung.

Am vierzehnten November erreichen sie Yokohama. Hier begann Fogg sofort die Suche nach Passepartout, zunächst auf der »Carnatic«, die dort noch im Hafen ankerte, danach in der Stadt. Gemeinsam mit Lady Aouda, die sich ebenfalls Sorgen um Passepartout machte, erkundigte er sich im Konsulat nach ihm, jedoch ohne Erfolg. Danach streiften sie durch die buntbelebten Straßen, wobei sie freilich eigentlich nichts sahen, weil sie nur nach ihm Ausschau hielten. Enttäuscht von der ergebnislosen Suche, betraten sie endlich die Schaubude – das war reiner Zufall, aber ein glücklicher. Hier entdeckte sie Passepartout – die Folgen kennen wir.

Nun waren sie also alle auf dem Dampfer nach Amerika. Alle, das sind Phileas Fogg, Lady Aouda, Passepartout und auch John Fix, seines Zeichens Detektiv. Wir wollen ihn nicht vergessen. Auch dieser eifrige Mann hatte in Yokohama ein großes Erfolgserlebnis gehabt: Endlich lag dort der Haftbefehl für Phileas Fogg!

John Fix jubelte – freilich nur kurz, denn nun befanden sie sich ja nicht mehr auf britischem Boden. Er konnte den vermeintlichen Bankräuber also wieder nicht festnehmen lassen. Er mußte wohl oder übel warten, bis Fogg nach England zurückgekehrt war. Er beschloß, ihm auf jeden Fall bis dorthin zu folgen – diesem Narren, der anscheinend wirklich wieder nach London wollte. Warum nur, er mußte doch wissen, daß er der Polizei dort direkt in die Arme laufen würde.

Als John Fix sah, daß auch Passepartout an Bord ging, konnte er sich das erst nicht erklären. Hatte dieser Teufelskerl denn die »Carnatic« in Hongkong wirklich noch erwischt? Jedenfalls regte sich sein schlechtes Gewissen, und er dachte sich, daß ihm Passepartout nicht gerade freundlich gesinnt sein würde. Er nahm sich vor, sich im Hintergrund zu halten. Er blieb in seiner Kabine und ließ sich sogar sein Essen dort servieren, um nicht in den Speisesaal gehen zu müssen. Er streckte die Nase nicht mehr heraus – wenigstens eine Weile nicht.

Der Dampfer war die »General Grant«, zweitausendfünfhundert Bruttoregistertonnen groß. Zwei gewaltige Räder trieben sie vorwärts, dazu konnte das Schiff an drei Masten Segel setzen. Phileas Fogg rechnete sich aus, daß er höchstens einundzwanzig Tage brauchen würde, um den Pazifik zu überqueren. Er war also guter Laune. Er war sicher, am zweiten Dezember in San Francisco eintreffen zu können. »Dann bin ich am elften Dezember in New York und am zwanzigsten Dezember in London. Und dann habe ich sogar noch Zeit, mich zu waschen, auszuruhen und endlich einen neuen Anzug anzuziehen. Und danach gehe ich in aller Ruhe in den Club, um meinen Sieg zu feiern.«

Diese Aussicht belebte sein Gemüt nun doch ein wenig.

Die Reise verlief sehr ruhig, der Stille Ozean war wirklich still. Bemerkenswert war höchstens, daß Lady Aouda mehr als nur mit Dankbarkeit an Fogg dachte, an ihren Phileas, wie sie ihn still für sich nannte.

Und er? Man kann in dieses Muster an innerer Ruhe unmöglich hineinblicken. Aber daß seine Augen oft und lange auf ihr ruhten, war dennoch offenkundig.

Doch dann entlud sich eine Spannung, die lange geschwelt hatte. John Fix überwand sich nämlich – vielmehr sein Bedürfnis nach frischer Luft überwältigte ihn. Er begab sich an Deck. Dort fiel er fast über Passepartout. Die beiden erblickten sich, stutzten – und Passepartouts Faust landete auf der Nase von Fix.

Nur wenig später stand Fix im Hemd da. Er wehrte sich wütend.
Schaulustige sammelten sich und umringten die beiden. Für sie war dieser Zweikampf eine willkommene Abwechslung. Je nach Laune feuerten sie den einen oder den anderen an. Passepartout hatte bald die größeren Sympathien.

Als Fix endlich am Boden lag, zog sich Passepartout ein wenig zurück. Fix fragte von unten herauf: »Ist die Luft nun wieder rein?«

»Nur fürs erste«, antwortete Passepartout.

»Gut«, antwortete Fix. »Dann folgen Sie mir bitte in die Ecke hinter dem Rettungsboot. Ich möchte mit Ihnen reden.« Rasch brachte er seine Kleidung in Ordnung. Passepartout trottete hinter ihm her, noch ein wenig brummig.

»Hören Sie, Passepartout«, begann Fix. »Bis jetzt habe ich alles in meiner Macht Stehende getan, um Ihren Herrn aufzuhalten. Das ist von jetzt an anders.«

»Na also . . .«

»Ziehen Sie keine falschen Schlüsse! Ich glaube immer noch, daß er ein Halunke ist. Aber jetzt will ich, daß er so bald wie möglich nach England kommt. Daher unterstütze ich seine Reise. Seien wir also bis dahin Freunde! Und nehmen Sie bitte Ihre Fäuste unter meiner Nase fort.«

»Meinetwegen«, antwortete Passepartout. »Aber wenn Sie wieder etwas gegen meinen Herrn unternehmen, gehe ich Ihnen sofort an den Kragen.«

»Auch meinetwegen«, sagte Fix, der sich ausrechnete, daß er dann die Unterstützung der britischen Polizei haben würde.

Es war der dritte Dezember, als die »General Grant« mit pladdernden Rädern im Hafen von San Francisco einlief. Fogg hatte keine Verspätung, er hatte freilich auch nicht den winzigsten Vorsprung erzielt.

San Francisco und weiter

Um sieben Uhr morgens hatten Phileas Fogg, Lady Aouda und Passepartout amerikanischen Boden unter den Füßen. Fix folgte ein wenig später. Fogg ließ keine Zeit verstreichen, er fragte gleich nach dem nächsten Zug nach New York. Sie hatten Aufenthalt bis achtzehn Uhr, einen ganzen Tag. In einer Pferdedroschke zottelten sie ins Hotel International. Passepartout saß auf dem Bock und betrachtete von oben herab die Stadt und die Leute, die breiten Straßen, die niedrigen Häuser im neugotischen, englischen Stil, die Fuhrwerke und Pferdebahnen. Menschen aus allen Ländern der Erde drängten sich auf den Bürgersteigen, unter ihnen viele mit dunkler Hautfarbe, aber er sah auch zahlreiche Inder und Chinesen.

So waren die Gäste auch in der Halle des Hotels bunt gemischt und international. Schwarze Kellner servierten Getränke und Steaks. Sie speisten an zwei Tischen, Passepartout auf Schulterbreite getrennt von Lady Aouda und Phileas Fogg, doch tat dies seiner guten Laune und seinem Appetit keinen Abbruch. Sie aßen aber das gleiche: Austernsuppe und Toast mit Chesterkäse. Passepartout trank dazu Ale, Phileas Fogg nahm Brandy, und Lady Aouda nippte an ihrem Portwein.

Danach lehnte sich Passepartout ein wenig hinüber zu seinem Herrn: »Verzeihen Sie, Sir«, sagte er. »Wir werden nun durch das Gebiet der Indianer reisen. Da müssen wir auf Überfälle gefaßt sein. Erlauben Sie mir, einige Gewehre und Revolver für uns zu kaufen.«

»Ich halte all diese Greuelgeschichten für Märchen«, erwiderte Fogg. »Aber tu, was du nicht lassen kannst.« Gleich nach dem Essen besorgte Passepartout also die Büchsen und die Revolver, während sich Lady Aouda und Fogg zum britischen Konsul begaben, um sich die Visa im Paß stempeln zu lassen. Wie zufällig begegneten sie dort Mister Fix.

Fix verbeugte sich ein wenig, denn er mußte den Höflichen, Harmlosen spielen und murmelte: »Ich bin Ihnen immer noch sehr dankbar, Sir, daß Sie mich damals nach Schanghai mitgenommen haben. Würden Sie mir erlauben, die Reise mit Ihnen bis London fortzusetzen?«

»Ich habe nichts dagegen«, antwortete Fogg knapp. Und auch Lady Aouda lächelte höflich. Da schloß sich Fix den beiden an. Zu dritt schlenderten sie durch die Straßen. Bald gerieten sie in ein Menschengewimmel. Aus den Fenstern der Häuser hingen die Leute in Trauben. Sogar auf den Dächern drängten sich die Schaulustigen. Flugblätter flatterten durch die Luft, Fahnen und Wimpel machten das Bild bunt.

Es ging wild, sogar wüst zu, junge Männer lieferten sich Straßenschlachten. Die Luft erzitterte von Sprechchören. Es wurde gegrölt und gejohlt, sogar Schüsse knallten. Sie kamen arg ins Gedränge und wurden von einem Menschenstrom mitgerissen. Fogg und Fix versuchten gemeinsam, Lady Aouda zu schützen – da hob ein grober, sommersprossiger Kerl mit rotem Bart plötzlich seine riesigen Fäuste über Fogg und hätte ihn sicher zu Boden gestreckt, wenn nicht Mister Fix geistesgegenwärtig seinen Kopf davorgehalten hätte. Fix sah die Sterne tanzen, kam aber sonst leidlich davon, da sein Hut gepolstert war. Trotzdem wuchs darunter rasch eine Beule. Es war wirklich eine aufopfernde Tat, die Fix stolz und glücklich machte.

Fogg musterte den Schläger mit einem Blick voll abgrundtiefer Verachtung. Er schleuderte ihm entgegen: »Sie verdammter Yankee!«

»Sie verdammter Engländer!«

»Sie verdammter Demokrat!«

»Sie verdammter Monarchist!«

»Mein Name ist Phileas Fogg. Ich werde ihre Rüpelei nicht hinnehmen!«

»Mein Name ist Proctor, Oberst Stamp W. Proctor!«

»Sie hören von mir! Wir werden uns wiedersehen!«

»Wann immer Sie wollen!«

Das war eine förmliche Aufforderung zum Duell. Und der Oberst nahm sie an. Gleich darauf wurden sie von der Menge getrennt, die sich wie rasend gebärdete. Phileas Fogg brachte Lady Aouda aus diesem gefährlichen Treiben in Sicherheit.

Da sie nun alle zerknittert und mitgenommen, ja abgerissen aussahen, kleideten sie sich in einem eleganten Geschäft neu ein. Später trafen sie sich als Gentlemen in der Halle des Hotels International

wieder. Dort erkundigte sich Fogg nach dem Aufruhr. »War das der Beginn eines Bürgerkriegs?« fragte er. Der schwarze Boy lächelte nur: »Nein, es war eine Wahlkundgebung, Sir!«

»Wie? Etwa die Wahl eines amerikanischen Präsidenten?«

»Nein, Sir, die Wahl eines Friedensrichters!«

»Und ausgerechnet für einen Friedensrichter so einen Aufruhr!« murmelte Fogg.

Nach dem Abendessen fuhren sie in einer Droschke zum Bahnhof. »Von Ozean zu Ozean« – so lautete der Werbespruch der Eisenbahnlinien, die das große Land Amerika durcheilten.

Fogg und seine Gefährten bestiegen einen der großen Pullmann-Wagen. Passepartout hatte den Zug vorher betrachtet. Er berichtete: »Er ist wundervoll. Die Waggons haben in der Mitte ein Gelenk, damit sie die scharfen Kurven im Gebirge nehmen können. Es gibt einen Speisewagen einen Salon- und einen Aussichtswagen. Nur ein rollendes Theater fehlt, aber der Schaffner meinte, daß man es in einigen Jahren auch mitführen wird.«

Der Zug setzte sich pünktlich in Bewegung. Boys, die einmal Millionäre werden wollten, boten Whisky an, dazu belegte Brote und Zigarren. Es wurde kalt, an den Fenstern huschten Schneeflocken vorbei. Als die Dunkelheit kam, wurden die Rücklehnen der Sitzbänke umgelegt. So entstanden durch Vorhänge getrennte Schlafabteile. Das Rattern der Räder und das Stampfen der Maschine wiegten sie in den Schlummer.

Am Morgen wurden die Wagen in ihren ursprünglichen Zustand zurückversetzt. Malerische Winterlandschaften zogen vorüber, Felswände, Eis, Schluchten, Wildbäche und rauschende Wälder.

Die Lokomotive suchte sich wie ein fauchendes, blitzendes feuersprühendes Ungeheuer ihren Weg durch die Einsamkeit, ein Ungeheuer mit einem Scheinwerfer über dem Dampfkessel und einem Kuhfänger, den es wie einen Schneepflug vor sich herschob. Dazu klang ein silberner Glockenton durch die morgendliche Sierra Nevada.

Am Nachmittag hielt der Zug ruckartig an, er fauchte und stampfte. Die Reisenden wurden unsanft aufgeschreckt. Passepartout blickte aus dem Fenster: Eine Herde von Bisons schob sich über den Bahndamm. Es waren wohl Tausende, eine unübersehbare Flut von Rücken. Nur einige Cowboys, wettergebräunt und mit Lassos über den Schultern, begleiteten die Herde. Der Aufenthalt konnte Stunden dauern.

»Verdammtes Land«, schimpfte Passepartout. »Hier können sogar Ochsen einen Zug aufhalten!«

Phileas Fogg saß in seiner Ecke und wartete in aller Ruhe darauf, daß die letzte Kuh über die Schienen getrottet war. Drei Stunden dauerte das – und dann kam noch eine Nachhut: Wieder ein wogendes Meer von Bisonrücken. Erst bei Einbruch der Nacht war der Spuk zu Ende.

Der Zug fuhr wieder – und sie durcheilten das Land der Mormonen, dieser frommen Leute, die für die Reisenden vor allem dadurch interessant waren, daß ihre Männer mehrere Frauen heiraten durften. Aber der einzige Mormone, der ein Stück mit ihnen fuhr, begnügte sich mit nur einer Gefährtin. Er war ein Missionar, der eine Stunde lang auf Passepartout einredete, weil er ihn zu seinem Glauben bekehren wollte.

Am großen Salzsee erreichte die Bahnstrecke ihren höchsten Punkt.

Duell und Kampf

Nun begann erst die richtige Gebirgsstrecke. Der Zug schlängelte sich durch zahllose Windungen. Es schneite, und falls eine Lawine auf die Schienen niedergegangen sein sollte, wurde die Fahrt womöglich für Tage unterbrochen.

Als der Zug in einer kleinen Station hielt, stampfend und schnaubend, weißen Dampf ausstoßend, schaute Lady Aouda aus dem Fenster. Sie erschrak, denn sie erblickte Oberst Proctor, unverkennbar: der Rüpel aus San Francisco! Ihr war sofort klar, daß sie Phileas Fogg ihre Entdeckung verschweigen mußte, denn sonst geschah ein Unglück. Da er gerade in seiner Ecke schlief, besprach sie sich mit Passepartout und John Fix.

»Ich werde ihn zuvor erledigen«, versprach Fix feierlich.

»Nein, das ist meine Sache. Schließlich ist Fogg mein Herr«, erklärte Passepartout.

»Aber Mister Fogg würde keinem anderen den Vortritt lassen«, sagte Lady Aouda. »Sobald er den Oberst zu Gesicht bekommt, ist der Teufel los.«

»Würden Sie sich wirklich für Fogg schlagen?« fragte Passepartout den Detektiv Fix.

»Natürlich«, antwortete dieser. »Ich will doch unbedingt, daß er lebendig nach London zurückkehrt!«

Nun erwachte Fogg. Er blinzelte. Passepartout überlegte, wie er ihn ablenken konnte. Er sagte: »Im Zug ist es doch recht langweilig. Ganz anders auf dem Schiff, wo man wenigstens Karten spielen kann!«

Fogg horchte auf. »Ja, wenn das hier auch möglich wäre! – Aber ich wette, hier gibt es keine vernünftigen Spieler!«

»Sie irren«, rief Fix. »Kartenspiel ist meine Leidenschaft.«

»Und wenn Sie mit mir fürlieb nehmen wollen, dann bin ich ebenfalls mit von der Partie«, erklärte Lady Aouda zur allgemeinen Überraschung. »Bei meiner englischen Erziehung hat Kartenspielen nicht gefehlt.«

Fogg rieb sich erfreut die Hände: »Passepartout, schau, ob du zwei Spiele bekommen kannst.«

Das war nicht allzuschwer, denn der Schaffner verfügte über Karten, die er an die Fahrgäste auslieh. So kam es, daß Fogg, Lady Aouda und Fix bald in ein Spiel vertieft waren. Und Fogg machte Lady Aouda sogar Komplimente, was viel heißen wollte, denn gewöhnlich sagte er kein Wort zuviel.

Das Land, das sie jetzt durchfuhren, war öde. Doch das störte nun keinen mehr. Kein Hirsch, kein Bär, kein Wolf war zu erblicken, dafür aber König, Dame, Bube und As.

Plötzlich blieb der Zug mit einem heftigen Ruck stehen.

»Schau nach, was los ist«, rief Fogg Passepartout zu, blickte aber selbst nicht von seinem Spiel auf.

Passepartout kletterte aus dem Wagen, wie viele andere Reisende auch. Der Damm war rasch voller Leute. Passepartout sah einen Mann, auf den die Beschreibung des Oberst Proctor genau paßte. Er näherte sich ihm. Oberst Proctor war wütend: »Ich will hier doch keine Wurzeln schlagen«, zeterte er. »Was ist denn los?«

»Die Brücke vor uns wurde beim letzten Sturm schwer beschädigt. Wir kommen nicht hinüber, es wäre Leichtsinn«, erklärte der Schaffner. »Wir müssen zu Fuß weiter. In fünf Stunden können wir im nächsten Ort sein. Dort wartet ein Ersatz!«

Die Reisenden murrten und schimpften. Viele waren wütend. Da rief der Lokomotivführer, der sich aus seiner stampfenden Maschine beugte: »Einsteigen! Wir kommen hinüber!«

»Wie das? Die Brücke kracht doch zusammen!«

»Wir überqueren sie mit Höchstgeschwindigkeit und sind auf der anderen Seite, ehe sie Zeit hat, zusammenzustürzen!«

»Teufel auch«, entfuhr es Oberst Proctor. Sofort wurde gewettet. Schafften sie es? Schafften sie es nicht? Darüber vergaßen die Leute sogar, daß es um Leben und Tod ging.

Man stieg wieder ein. Passepartout kletterte gemeinsam mit dem Oberst auf ein Trittbrett. »Leichtsinn . . .« murmelte er. »Besser wäre es, wir gingen zu Fuß über die Brücke und der Zug spränge ohne uns hinterher.«

»Besser vielleicht, aber auch langweiliger«, erwiderte der Oberst. Er lachte breit.

Passepartout begab sich durch den Zug ins Abteil zurück. Die Kartenspieler schauten kaum auf. Die Lokomotive pfiff, der Zug fuhr ein Stück zurück, um einen größeren Anlauf zu nehmen. Dann stellte der Lokomotivführer die Maschine auf volle Fahrt. Sie ratterte los: siebzig . . . achtzig . . . neunzig . . . einhundert . . . einhundertzehn . . . einhundertzwanzig . . . einhundertdreißig Stundenkilometer! Das Fauchen der Lokomotive wurde zu einem schauerlichen Heulen. Die Achsen glühten. Das Schmierfett tropfte. Die Pfeiler der Brücke kamen näher . . . noch näher . . . waren rießengroß . . . huschten blitzartig vorüber . . .

Und hinter dem Zug stieg die Brücke empor, die Hängetaue rissen, donnernd stürzte alles in die Schlucht, eine Wolke von Staub emporschleudernd. Erst nach einigen Kilometern konnte die Maschine wieder auf normale Fahrt gedrosselt werden. Wieder einmal hatten sie eine große Portion Glück gehabt.

Nun waren sie schon drei Tage und drei Nächte unterwegs. Phileas Fogg rechnete sich aus, nach weiteren vier Nächten in New York sein zu können. Er unterbrach das Spiel nur für den Schlaf, gleich nach dem Frühstück nahmen sie es wieder auf.

Eines Morgens hatte Fogg besonders gute Karten. Das Glück war ihm hold, so verbissen Fix auch spielte. Doch plötzlich dröhnte hinter Fogg eine tiefe, unsympathische Stimme: »So spielen Sie doch den Buben aus!«

»Wie?« rief Fogg, der es haßte, wenn man ihm über die Schulter blickte und ihm Anweisungen gab. »Ich spiele natürlich die Dame!« Er blickte auf. Da sah er direkt in das Gesicht des Oberst Proctor. »Der Yankee!«

»Der Engländer!«

»Jetzt oder nie«, rief Fogg. »Wir werden uns duellieren!«

»Ich stehe zu Ihrer Verfügung«, erklärte der Oberst. »In einer halben Stunde haben wir Aufenthalt, zwar nur zehn Minuten, aber das reicht, um einige Kugeln zu wechseln!«

Lady Aouda wurde blaß.

»Gut, dann steigen wir aus«, sagte Fogg. Er wandte sich an John Fix. »Sekundieren Sie mir!« befahl er ihm knapp.

Fix wurde ebenfalls bleich. Er wollte nicht, daß Fogg erschossen wurde, er sollte London lebend erreichen. Aber er konnte das Duell nicht verhindern. Er nickte daher wortlos.

Fogg setzte das Spiel fort, als sei nichts geschehen. Der Oberst entfernte sich, um sich vorzubereiten.

Als der Zug hielt, wollten sie aussteigen. Da war ein kleiner, schmaler Bahnsteig vor einer Holzhütte. Das war alles. Doch da rief der Schaffner: »Einsteigen, alles einsteigen, wir haben schon zwanzig Minuten Verspätung. Wir fahren gleich weiter.«

Sie konnten gerade noch auf die Trittbretter springen und in die Wagen zurückkehren.

»Passepartout«, bat Fogg, »frage den Schaffner, ob er uns einen leeren Wagen zur Verfügung stellen kann.«

Einen unbesetzten Wagen gab es zwar nicht, aber die Fahrgäste des letzten Waggons machten gern Platz, um sich die Abwechslung durch einen Zweikampf nicht entgehen zu lassen. Nur Passepartout murrte: »Zu einem Duell gehören Nebel und Morgendämmerung! Im Zug schießen . . . das ist ja wie im Zirkus!«

Der letzte Wagen war siebzehn Meter lang, sehr gut geeignet also. Phileas Fogg und der Oberst erhielten je einen Revolver. Danach wurden die beiden Gegner allein gelassen, die Tür geschlossen.

Passepartout drückte sein Ohr gegen das Holz. Fix schlug das Herz bis zum Hals. Lady Aouda lehnte blaß an der Wand, sie zerknüllte ihr Seidentuch in den Händen.

Doch plötzlich ertönte ein ganz anderer Lärm, wie wenn die Hölle losgebrochen wäre. Die Maschine puffte, ächzte und zischte, dazu mischte sich wildes Schreien und lautes Wiehern. Es krachte, peitschte und stank nach Pulver.

Die Wagentür sprang wieder auf, der Oberst und Fogg rannten heraus, in den Händen ihre rauchenden Revolver. Freilich hatten sie nicht aufeinander geschossen, sondern auf Indianer, die gerade versuchten, die Wagen zu stürmen.

Ein Überfall! Das kam öfter vor. Zu Hunderten jagten die abenteuerlichen Gestalten auf ihren Pferden neben dem Zug her und erklommen die Trittbretter. Sie hingen in dichten Trauben an den Türen und Fenstern. Einge turnten von den Waggondächern herunter. Sie schwangen ihre Tomahawks. Andere hatten Messer zwischen den Zähnen, wieder andere waren mit Gewehren und Revolvern bewaffnet. Sie waren in voller Kriegsbemalung. Ihre schwarzen, langen Haare flatterten, sie wurden vom Federschmuck gehalten.

Der Heizer des Zuges und der tüchtige Lokomotivführer waren wohl bereits in den ewigen Jagdgründen, denn der Häuptling der Sioux, dessen Gesicht mit blauen und roten Streifen bemalt war, war bis zur Lokomotive vorgedrungen und versuchte, den Zug zum Stehen zu bringen, aber er kannte sich mit den Hebeln, Schaltern und Rädern nicht aus. Führerlos und donnernd jagte der Zug dahin. Die Geschwindigkeit war mörderisch.

Die Fahrgäste wehrten sich ihrer Haut. Fast alle waren bewaffnet. Auch Lady Aouda hielt sich tapfer. Einige Indianer rollten getroffen auf den Bahndamm. Andere hatten sich des Gepäcks bemächtigt: Koffer, Reisetaschen, Rucksäcke, Kästen, Kartons, Kleider – alles flog in hohem Bogen hinaus. Das war die Beute der Indianer.

Die Lage der Reisenden schien hoffnungslos. Das nächste Fort war zwar nur dreieinhalb Kilometer entfernt, aber bei dieser Geschwindigkeit brauste der Zug daran vorbei, und kein einziger Soldat konnte ihnen zu Hilfe kommen.

Da faßte Passepartout einen kühnen Entschluß. Er ließ sich über eine Plattform zwischen die Wagen gleiten und kroch durch das Fahrgestell. Es ratterte mörderisch. Der Wind blies ihn fast davon. Über ihm tönte der Lärm des Kampfes, unter ihm stoben die Funken. Geschickt wie ein Affe hangelte er sich von Stange zu Stange und kam endlich zwischen den Gepäckwagen und den Kohletender. Er klammerte sich an einen Puffer und löste die Sicherheitskette. Das kostete ihn den Rest seiner Kraft. Mit der Kupplung mühte er sich danach vergeblich ab.

Da kam ihm das Schicksal zu Hilfe. Die Lokomotive bockte kurz, Passepartout wurde in Dampf gehüllt, die Puffer wurden krachend zusammengestoßen, die Kupplung sprang auseinander – befreit von ihrer Last raste die Lokomotive voraus, während die Wagen aus eigener Kraft, gemäß dem Gesetz der Schwerkraft, noch weiterrollten. Doch allmählich wurden sie langsamer.

Der schwerverwundete Bremser vermochte es, sie vor dem Fort zum Stehen zu bringen.

Soldaten stürzten herbei, die Indianer flüchteten über die verschneiten und vereisten Felder in die Weite des Landes.

Befreit fielen sich die Reisenden um den Hals. Einige Tote waren zu beklagen. Auch Oberst Proctor war verletzt. Lady Aouda hatte aber keinen Schaden genommen, auch nicht Phileas Fogg. John Fix war am Arm verwundet, doch das war nur eine Winzigkeit.

Aber zwei Passagiere fehlten – und Passepartout. Als sie das gewahr wurde, rollten Lady Aouda große Tränen über die Wangen.

Fogg stand vor einer schweren Entscheidung: Sein Diener – oder die Wette! Kam er auch nur einen Tag zu spät in New York an, war der Dampfer bereits fort und alles war verloren.

Doch ohne zu zögern erklärte er: »Ich finde ihn, tot oder lebend!«

Aouda faßte seine Hand: »Lebend . . .« flüsterte sie.

Fogg begab sich zum Kommandanten des Forts. »Ich biete tausend Pfund für die Befreiung der Gefan-genen«, versprach er. So erreichte er es, daß ein kleiner Trupp Freiwilliger zusammengestellt wurde, der die Indianer verfolgen sollte. Dann bat Fogg John Fix, sich um Lady Aouda zu kümmern: »Für den Fall, daß mir etwas zustoßen sollte!«

Fix stockte das Herz. Er wollte Fogg doch keinesfalls aus den Augen lassen. So lange war er ihm nun schon gefolgt. Ging er ihm etwa jetzt doch noch verloren? Aber Fogg drückte ihm so herzlich die Hand, daß er nicht ablehnen konnte: »Ich bleibe!«

Die kleine Schar machte sich auf den Weg, sie folgte den Indianern über die glitzernde Schneefläche. Es war zwölf Uhr mittags. Langsam wurden ihre dunklen Gestalten zu Pünktchen.

Fix bat Lady Aouda, sich in den Wartesaal zu begeben. Nun machte er sich doch heftige Vorwürfe. Das war sicher alles nur ein Trick, dachte er. Der Diener und sein Herr machten gemeinsame Sache. Auf diese Weise wollten sie fliehen. Die Dame opferten sie gewissenlos. Erregt stapfte er auf dem zugigen Bahnsteig auf und ab. Über ihm glitzerten Eiszapfen.

Es begann wieder zu schneien.

Da hörten sie durch den Nebel ein Pfeifen. Wie ein Ungeheuer tauchte die Lokomotive auf. Verwundet, aber lebendig, sprangen der Lokomotivführer und der Heizer von der Maschine. Sie waren nicht tot, sondern nur betäubt gewesen – das war des Rätsels Lösung.

Rasch wurde die Lokomotive wieder an den Zug gekoppelt.

»Einsteigen!«

Ein Pfiff.

»Aber die Vermißten«, erinnerte Lady Aouda den Schaffner und rang die Hände.

»Wir können nichts für sie tun, das ist Sache der Soldaten. Der Fahrplan muß eingehalten werden«, war die amtliche Antwort.

Lady Aouda stützte sich mutlos auf den Arm von John Fix, der auch nicht wußte, was er machen sollte. Schließlich beschlossen sie, zu warten und den Zug alleine weiterfahren zu lassen.

Aber Fix begnügte sich nicht damit. Er wußte ja nicht, ob Phileas Fogg zurückkehren würde oder nicht. Sollte er aber wiederkommen, dann wollte er darauf vorbereitet sein. Auch er hatte Verstand. Vielleicht gab es eine Lösung ... Er sprach lange mit dem Stationsvorsteher, dann begab er sich in eine kleine Hütte neben dem Fort und redete mit einem Mann, der dort wohnte. Endlich kehrte er befriedigt zu Lady Aouda in den Bahnhof zurück.

Es wurde dunkel. Der Schneefall ließ nach, aber der Frost war bitter, eine schlimme Nacht, ohne Hotelzimmer, ohne Decke. Sie verbrachten diese Stunden im Warteraum, mehr schlecht als recht.

Als die Sonne wieder über den Horizont stieg, hörten sie plötzlich Schüsse. Die Soldaten stürzten aus dem Fort – über der gespensterbleichen Schneefläche zeigte sich ein dunkler Trupp. Lady Aouda schloß die Augen und schickte ein Gebet zum Himmel. Dann wurden die Männer erkennbar, an ihrer Spitze Fogg und Passepartout, es folgten zwei andere Reisende, umringt von den freiwilligen Soldaten.

Alle wurden mit Freudengeschrei begrüßt. Die Retter waren genau im richtigen Moment gekommen. Die Gefangenen hatten eben den Versuch gemacht, sich zu befreien, und kämpften mit ihren indianischen Bewachern. Passepartout hatte die muskulösen Kämpfer mit Entschlossenheit angegriffen, aber sie wären wohl trotzdem endgültig überwältigt worden, hätte das Gewehrfeuer des herannahenden Trupps die Indianer nicht vertrieben.

Fix starrte Fogg nun doch fassungslos an. Er konnte keine Erklärung für diesen Mann finden. Die Freiheit hatte ihm gewinkt – und nun kehrte er aus eigenem Antrieb zurück! Er mußte doch wissen, was ihn in England erwartete ...

Aouda hätte Fogg am liebsten umarmt und geküßt. Lediglich ihre gute Erziehung hielt sie zurück. Sie drückte ihm nur mit Wärme die Hand.

»Aber wo ist der Zug?« fragte er.

»Bereits abgefahren!«

»Wann geht der nächste?«

»Erst in zehn Stunden, heute abend.«

»Zwanzig Stunden Verspätung!« Fogg war vernichtet.

Auf Biegen und Brechen

Ihre Verspätung betrug wirklich zwanzig Stunden. Alles schien nun verloren. Da trat John Fix zu Phileas Fogg und sagte: »Geben Sie nicht auf, rechnen Sie! Ihr Dampfer fährt am achten Dezember abends in New York ab. Wären Sie jetzt mit unserem Zug gefahren, hätten Sie dort noch zwölf Stunden Aufenthalt gehabt. Also fehlen Ihnen in Wirklichkeit nicht zwanzig, sondern nur acht Stunden. Nur diese acht Stunden müssen Sie einholen!«

»Aber es sind eben doch acht Stunden!«

»Ja, aber ich habe die Lösung. Als Sie fort waren, erkundigte ich mich: Wir fahren mit einem Eissegler weiter. Diese Eissegler können sogar schneller als der Wind dahinjagen, jedenfalls kann es schneller gehen als mit dem Zug.«

»Wunderbar, Mister Fix. Dafür haben Sie bei mir etwas gut!«

Nur eine halbe Stunde dauerte es, bis sie über den Harsch sausten. Der Eissegler war ein seltsames Fahrzeug. Ein Holzgestell mit Sitzen war auf lange Kufen montiert. Vorne steckte ein dicker Mast mit einem Segel, das sich mit Wind füllte. Hinten befand sich eine Steuerkufe. Der Besitzer bekam von Fogg eine hohe Belohnung zugesagt. Dafür wollte er sie in weniger als sechs Stunden nach Omaha bringen, der nächsten Bahnstation. Von dort fuhren täglich mehrere Züge nach Chicago und New York ab.

Dieses Fahrzeug bestiegen sie und zogen sich die Decken über. Die Segel blähten sich, der Mast bog sich, die Leinwand krachte, der Schlitten zitterte. Der Segler raste durch menschenleere, öde Gegenden. Da war kein Dorf, kein Haus, kein Bär – nur manchmal ragte das Skelett eines dürren, entlaubten Baumes auf. Und hie und da wurden sie von Rudeln ausgemergelter Wölfe verfolgt. Aber der Segler war schneller.

John Fix wuchs ein Eiszapfen an der Nase.

Nach nur fünf Stunden hielten sie vor dem Bahnhof von Omaha. Passepartout und Fix kollerten eilig aus dem Schlitten. Phileas Fogg war auf seinem Sitz festgefroren, sie konnten ihn nur mit Mühe befreien. Nur Lady Aouda brauchte lediglich ihre Wolldecke abzuwerfen. Fogg entlohnte den Schlittenbesitzer reichlich.

Der Zug nach Chicago sollte gerade abfahren. Sie erreichten ihn in letzter Minute.

Hinein ins Abteil!

Sie brausten mit Höchstgeschwindigkeit weiter, am Tage und in der Nacht. Sie donnerten über die Mississippibrücke.

Am zehnten Dezember fuhren sie um sechzehn Uhr in Chicago ein, saßen gleich wieder im Zug nach New York, rasten wie der Blitz an neugebauten Städten vorüber und kamen endlich an den Fluß Hudson. Der Zug hielt direkt am Hafen: Da sahen sie noch die Lichter des Dampfers weit draußen. Er war vor fünfundvierzig Minuten abgefahren.

Phileas Fogg erklärte jedoch ohne jede Gemütsbewegung: »Da schwimmt meine Hoffnung!« – Und er fügte gleich hinzu: »Morgen geht es weiter.«

Sie verbrachten die Nacht in einem Hotel. Phileas Fogg begab sich sofort zu Bett und schlief fest und ruhig. Lady Aouda und die beiden Männer konnten vor innerer Unruhe kaum ein Auge schließen.

Im Morgengrauen stand Fogg bereits wieder am Hafen. Er suchte ein schnelles Schiff, das heute noch nach Europa auslaufen sollte. Er sah aber nur langsame, behäbige Frachtsegler auf der grauen Wasserfläche. Er spürte nun doch ein Gefühl der Entmutigung und wollte schon umkehren, da fiel sein Blick auf ein schnittiges Handelsschiff, das schwarze Rauchwolken ausstieß. Der Dampfer hieß »Henriette«, er hatte einen soliden Rumpf aus Eisen und Aufbauten aus Holz.

Nur wenige Minuten später stand Fogg an Bord. Er ließ den Kapitän zu sich bitten. Ein ungemütlicher, muffiger Seebär kam nach einer Weile aus einer der Kajüten.

»Bringen Sie mich und drei weitere Personen nach England, nach Liverpool«, sagte Fogg bestimmt.

»Ich nehme niemals Passagiere an Bord, und ich fahre auch nicht nach England, sondern nach Bordeaux in Frankreich.«

»Ich miete Ihr Schiff!«

»Um keinen Preis!«

»Ich kaufe Ihr Schiff!«

»Niemals!«

»So nehmen Sie uns nach Bordeaux mit! Ich biete Ihnen zweitausend Dollar pro Person.«

»Das sind achttausend Dollar ...« Der Kapitän zögerte. Er überlegte. Passagiere für achttausend Dollar sind eigentlich keine Passagiere mehr, sondern bereits höchst wertvolle Fracht. Er kratzte sich am Hinterkopf.

»Ja«, brummte er endlich. »Um neun Uhr legen wir ab!«

Und so war es auch. Das Feuerschiff der Hudson-Mündung wurde passiert. Lady Aouda, Passepartout und John Fix sahen den amerikanischen Kontinent in der Ferne kleiner werden. Phileas Fogg hätte es natürlich auch sehen können, aber er schaute nur voraus.

Und am nächsten Tag, dem dreizehnten Dezember, stand ein Mann im Zylinder auf der Brücke, der die Navigation machte. Dieser Gentleman war Phileas Fogg persönlich. Er hatte die ganze Mannschaft des Schiffes mit Geld für sich gewonnen und den Kapitän in seine Kajüte einsperren lassen. Dort saß er, trank Whisky und rüttelte hin und wieder an der Tür.

Auf diese Weise wollte Fogg die »Henriette« nicht nach Bordeaux, sondern nach Liverpool lenken. Und er schien das Geschäft zu verstehen. Er dachte nur an sein Ziel.

Dem Maschinisten befahl er: »Heizen Sie ordentlich. Wir brauchen Volldampf!«

Am fünfzehnten Dezember sank das Barometer, es wurde bitter kalt. Nebelschwaden zogen über die See. Der Wind frischte auf, die Segel mußten gerefft werden. Das Schiff wurde langsamer. Es stampfte in den Wellen. Und der Wind steigerte sich mehr und mehr zum Orkan. Haushohe Wellen rollten ihnen entgegen und rollten über Deck. Oft hob sich das Heck aus dem Wasser, und die Schraube surrte leer durch die Luft.

Doch das Unwetter ging vorbei, der Wind legte sich wieder.

Nun liefen die Maschinen schon tagelang mit voller Kraft voraus. Sie hatten sich noch nicht verspätet und schon die Hälfte der Strecke über den Atlantik zurückgelegt.

Am siebzehnten Dezember kam der Maschinist zu Fogg. Dieser ahnte gleich Böses. »Sir«, brummte der Mann, »unser Kohlevorrat geht zu Ende. Wir hatten nur für die Hälfte des Weges gebunkert, die andere Hälfte wollten wir segeln. Nun feuern wir aber die ganze Zeit wie verrückt ... Bald haben wir nichts mehr zum Verheizen!«

»Wir fahren weiter, und wenn ich die Maschine mit Pfundnoten schüren müßte! Ja, feuern Sie bis zur letzten Kohle«, befahl Fogg. Kopfschüttelnd verschwand der Heizer im Maschinenraum.

Als die letzte Kohle verfeuert war, ließ Fogg den Kapitän aus seiner Kajüte holen. Der Seebär schlug um sich, er war fuchsteufelswild. Passepartout konnte ihn kaum bändigen. »Wo sind wir?« fragte er. Schaum tropfte von seinen Lippen. »Siebenhundertundsiebzig Seemeilen vor Liverpool«, erwiderte Fogg unerschütterlich. »Ich habe Sie holen lassen, um Ihr Schiff zu kaufen!«

Der Kapitän brüllte: »Ich bin an einen Verrückten geraten!«

»Ich will die ›Henriette‹ verfeuern lassen.«

»Wie? Das Schiff ist mindestens fünfzigtausend Dollar wert!«

»Ich gebe Ihnen sechzigtausend. Hier sind sie!« Fogg wedelte dem Kapitän mit einem Päckchen Banknoten vor der Nase herum. »Ich muß am einundzwanzigsten Dezember in London sein, sonst verliere ich all mein Geld!«

Der Kapitän rang nach Luft. Er überlegte, daß das ein glänzendes Geschäft werden könnte, und murmelte: »Ja, wenn ich den eisernen Rumpf und die Maschine behalte!«

Fogg nickte.

Der Kapitän schnappte nach dem Geld. Denn wenn er auch ein ungehobelter Kerl war: rechnen konnte er. Und er hatte soeben vierzigtausend Dollar verdient. Er zog sich zurück und wollte mit der ganzen Sache nichts mehr zu tun haben.

»Jetzt wird das Schiff mit dem Schiff geheizt!« befahl Fogg. Er war nun ungehindert Herr der »Henriette«. Passepartout und die Besatzung verwüsteten, zersplitterten, zertrümmerten, zerkleinerten und zersägten alles, was aus Holz war:

am ersten Tag das Achterschiff mit den Kabinen und dem Zwischendeck;

am neunzehnten Dezember die Masten, die Takelagen mit den Rahen, Stengen und Gaffeln;

am zwanzigsten Dezember kamen die Reling, das

Schanzenkleid und das restliche Deck an die Reihe. Alles wanderte in die Heizkessel.

Und dann – ebenfalls am zwanzigsten Dezember – kam eine Küste in Sicht: die Lichter von Cork. Von hier waren es nur noch vier Stunden bis Liverpool. Aber nun war auch das allerletzte Holzstück verfeuert. Die Maschinen liefen aus, verstummten. Die »Henriette« dümpelte vor sich hin. Und nun zeigte der Kapitän, daß er doch auch ein Herz hatte. Er legte Fogg die Hand auf die Schulter und sagte: »Sie tun mir leid, Mister Fogg.«

»Könnten wir nicht wenigstens in Cork einlaufen?«

»Nur bei Flut, und die kommt erst in drei Stunden.«

»Dann warten wir.«

Cork ist ein kleiner Hafen an der irischen Küste. Hier lieferten die Transatlantikdampfer ihre Post nach England ab, damit sie mit dem Eilzug nach Dublin, und von dort mit dem Schnelldampfer nach Liverpool befördert wurde.

So wollte es Fogg ebenfalls machen – und so machten sie es auch. Kurz nach Mitternacht lief der kümmerliche Rest der »Henriette« im Hafen von Cork ein. Zwischen Postsäcken eingequetscht, reisten sie dann die Nacht über nach Dublin, wo sie im Morgengrauen eintrafen.

Sofort nahmen sie den Expreßdampfer nach Liverpool. Dort landeten sie um elf Uhr. Noch sechs Stunden Wegzeit bis nach London lagen vor ihnen. »Hier ist England«, sagte Phileas Fogg und dehnte entspannt seine Arme.

»Ja, hier ist England«, erwiderte John Fix, seines Zeichens Detektiv und pflichtbewußt: »Phileas Fogg, im Namen Ihrer Majestät der Königin, Sie sind verhaftet!«

Verlust und Gewinn

Noch neun Stunden waren es bis zwanzig Uhr fünfundvierzig. Dann mußte Phileas Fogg im Club eingetroffen sein, oder alles war verloren und vergebens gewesen. Aber Phileas Fogg saß in Liverpool in einer Zelle, er saß dort in vollkommener Ruhe, aufrecht, die Hände auf die Knie gelegt. Noch immer wartete er. Er schaute auf seine Uhr und verfolgte den langsam fortschreitenden Zeiger. Es war Samstag, der einundzwanzigste Dezember. Der achtzigste Tag.

Passepartout schäumte vor Wut. Er hätte Fix umbringen können.

Lady Aouda unternahm alles Menschenmögliche, um Fogg auf freien Fuß setzen zu lassen, und sei es nur bis morgen: sie flehte, sie beschwor seine Unschuld – es war alles vergebens.

Die Uhr schlug elf Uhr vierzig. Noch konnte Fogg den Schnellzug nach London erreichen. Doch die Zeit verstrich.

Um vierzehn Uhr dreiunddreißig ertönte Lärm. Die Tür wurde aufgerissen. Lady Aouda und Passepartout stürmten herein: »Sie sind frei! Sie sind frei, Sir!«

Der Detektiv Fix folgte mit verkniffenem Gesicht. Er stammelte, er erklärte: »Entschuldigung ... Es ist mir entsetzlich peinlich ... Der Bankräuber ist vor drei Tagen verhaftet worden ... Sie sehen ihm so ähnlich!«

»Fort«, rief Fogg. Er ergriff Lady Aoudas Hand und zog sie mit sich. Passepartout drehte sich im Weglaufen noch einmal um und gab Fix eine kräftige Ohrfeige.

Vor dem Gefängnis stand eine Droschke ... Zur Bahn ... Der Zug war schon fort. Fogg bestellte einen Sonderzug. Es verging einige Zeit, dann brausten sie mit Volldampf in Richtung London. Kurz vor der Einfahrt stand das Signal auf Halt. Sie mußten warten.

Als der Zug endlich in London einlief, schlugen dort alle Uhren – einschließlich Big Ben – zwanzig Uhr fünfzig.

Phileas Fogg stellte nüchtern fest: »In achtzig Tagen und fünf Minuten um die Welt. Ich habe die Wette verloren!«

Lady Aouda schlug die Hände vor die Augen. Passepartout biß die Zähne aufeinander. Er bereute all seine Mitschuld an der Verspätung.

Fogg nahm eine Droschke und ließ sie alle zu seinem Haus fahren. Dort beauftragte er Passepartout, Lady Aouda in ein Zimmer zu führen und dann Lebensmittel einzukaufen. Das erste führte Passepartout getreu aus, dann aber eilte er zunächst in seine Kammer, um den Gashahn abzudrehen.

Fogg zog sich in seine Stube zurück. Er ließ die Fensterläden nicht öffnen. Er war ruiniert. Lady Aouda erkannte das ebenfalls, sie dachte an nichts anderes. Sie fürchtete, er könnte die letzte Konsequenz ziehen und sich eine Kugel in den Kopf schießen.

Sie bat Passepartout zu sich: »Mein Lieber, was soll ich nur machen? Welchen Einfluß habe ich auf Ihren Herrn? Wüßte er wenigstens, wie dankbar ich ihm bin, ach, viel mehr als nur dankbar!«

»Ich hoffe, Sie können ihn vom Schlimmsten abhalten«, murmelte er, selbst ratlos. »Und ich soll Ihnen ausrichten, daß er Sie heute abend noch sprechen möchte.«

Phileas Fogg empfing Lady Aouda in seinem Zimmer. Mit keiner Miene drückte er Niedergeschlagenheit aus. Er sagte nur sachlich: »Meine Freunde im Club können nun über mein Geld verfügen. Ich besitze nichts mehr. Liebe Aouda, verzeihen Sie, daß ich

Sie veranlaßt habe, mir nach England zu folgen. Damals war ich reich, und ich rechnete damit, noch reicher zu werden. Ihnen wollte ich meinen Gewinn überlassen. Dann wären Sie glücklich und frei gewesen. Nun ist es anders gekommen: Ich bin arm!«

»Das weiß ich, lieber Mister Fogg. Entschuldigen Sie alle Verzögerungen, alles Ungemach, die ich Ihnen bereitet habe. Es geschah gegen meinen Willen.«

»Das Schicksal war gegen mich«, erwiderte er. »Ich bitte Sie, über den Rest meines Geldes zu verfügen!«

»Aber was wird aus Ihnen?«

»Ich brauche nichts mehr!«

»Nein«, rief sie. »Haben Sie denn niemanden auf der Welt? Keine Freunde, keine Verwandten?«

»Niemanden!«

»Doch«, rief sie. »Sie haben mich! Wollen Sie eine Freundin, wollen Sie eine Frau?«

»Eine Frau . . . Wie meinen Sie das?«

»Eine Frau . . . Ihre Frau, Lady Aouda Fogg!«

Da sprang Fogg auf, diesmal zeigte er seine seelische Bewegung. Seine Lippen bebten. Er schloß die Augen und sagte so leise, wie er noch nie gesprochen hatte: »Aouda, ich gehöre ganz dir!«

Aouda sank an seine Brust.

Eine Zeit verging.

Dann läuteten sie. »Was meinst du, Passepartout, ist es schon zu spät, den Pfarrer zu verständigen?«

»Dafür ist es nie zu spät!«

Es war zwanzig Uhr und fünf Minuten.

»Also das Aufgebot für morgen, Montag?« fragte Passepartout. Seine Augen glänzten.

Fogg schaute Aouda lächelnd an.

»Was fragst du noch? Eile, fliege! Morgen, Montag früh, heiraten wir!«

Die Wendung

Was Fogg nicht bemerken konnte, war, daß die öffentliche Meinung ganz zu seinen Gunsten umgeschlagen war. Nun, da man wußte, daß er kein Dieb war, genoß er wieder jede Sympathie. Die Zeitungen schrieben über ihn, die Wetten wurden erneuert. Der Club schämte sich seiner nicht mehr. Ganz im Gegenteil. Schon drei Tage vor seiner Heimkehr hatte man Mutmaßungen darüber angestellt, wo er sich wohl gerade befand: Noch in Hinterindien? In China oder in Japan? Oder kam er plötzlich am einundzwanzigsten Dezember um zwanzig Uhr fünfundvierzig in den Club?

Die Spannung wuchs ins Unerträgliche.

Am Abend des einundzwanzigsten drängten sich die Menschen auf den Straßen und Plätzen. Die Buchmacher riefen sich die Kurse zu. Die Aufregung stieg von Minute zu Minute.

Im Club hatten sich Foggs Freunde und Wettpartner versammelt.

»In zwanzig Minuten ist die Frist abgelaufen!«

»Wann kam der letzte Zug aus Liverpool?«

»Wenn Fogg kommen sollte, kommt er keine Minute zu früh.«

»Er mußte die Wette verlieren. Sie war von vornherein aussichtslos.«

Der Zeiger der Standuhr zeigte zwanzig Uhr vierzig. Noch fünf Minuten!

Man sah einander an. Die Hände zitterten.

Zwanzig Uhr einundvierzig.

Es war still im Raum. Man hörte nur den Lärm von der Straße.

Zwanzig Uhr dreiundvierzig

Gleichmäßig schwang das Pendel.

Zwanzig Uhr vierundvierzig »Nur noch eine Minute!« Alle starrten zur Tür.

Die dreißigste Sekunde – nichts!

Die vierzigste Sekunde – nichts!

Einundvierzig . . . Zweiundvierzig . . . Dreiundvierzig . . . Fünfzig!

Da toste es draußen: Jubel! Hurra! Applaus! Bravo! Männer grölten, Frauen schluchzten, Kinder schrien, Hunde bellten. Die Herren im Club schossen aus ihren Stühlen empor.

In der siebenundfünfzigsten Sekunde sprang die Salontür auf. Phileas Fogg erschien auf der Schwelle. »Hier bin ich, Gentlemen!«

Schluß

Ja, es war Phileas Fogg persönlich. Und er hatte die Wette gewonnen. Aber wie ging das zu?

Passepartout war beim Pfarrer gewesen. Aber er blieb dort nicht einmal zehn Minuten. Dann raste er zurück. Er überrannte Fußgänger und einen Leiterwagen. Atemlos kam er in Foggs Zimmer an.

»Was ist los?« fragte sein Herr.

Passepartout strahlte über das ganze Gesicht: »Die Heirat kann morgen nicht stattfinden! Unmöglich!«

»Unmöglich? Das Wort kenne ich nicht. Warum?«

»Weil morgen Sonntag ist und nicht Montag, Sir. Wir sind einen Tag früher angekommen!«

Lady Aouda umarmte ihn.

Als er wieder zur Besinnung kam, überlegte Phileas Fogg. »Nun verstehe ich alles«, sagte er endlich. »Meine Berechnungen waren zwar richtig, aber ich habe nicht bedacht, daß wir der Sonne entgegengefahren sind. So haben wir tatsächlich einen Tag gewonnen. Achtzig Mal ging die Sonne auf unserer Reise für uns unter, in London dagegen nur neunundsiebzig Mal.«

»Sie haben zwanzigtausend Pfund gewonnen«, rief Passepartout und lachte, als ob es sein Gewinn wäre.

»Neunzehntausend Pfund kostete mich die Reise«, sagte Fogg nach kurzer Überlegung. »Ich habe also eintausend Pfund Überschuß. Davon bekommst du die Hälfte, Passepartout, nach Abzug der Gasrechnung, natürlich. Die andere Hälfte soll John Fix bekommen. Ich kann ihm nun einmal nicht böse sein. Und er hat uns zu dem Eisschlitten verholfen.«

Phileas Fogg wandte sich Aouda zu: »Und du, willst du mich immer noch?«

»Ich wollte dich arm, ich will dich reich«, sagte sie einfach.

Passepartout war Trauzeuge. Er war stolz. »Wir hätten auch in achtundsiebzig Tagen um die Welt reisen können«, meinte er nach der Vermählung.

»Das stimmt«, antwortete Fogg. »Das habe ich mir auch überlegt. Aber dann hätten wir eine andere Route nehmen müssen. Und dann hätte ich jetzt keine Frau – und vor allem: nicht diese Frau!«

Droschken, Züge, Kamele, Priester, Rikschas, Sänften, Elefanten, Detektive, Segelschiffe, Orkane, Eisschlitten, Indianergefechte … Und nun die reizendste Frau der Erde. Was will der Mensch mehr?

Phileas Fogg war glücklich. Er ging wieder in den Club, aber er ging später als gewöhnlich und blieb nicht so lange wie früher.

Die Deutsche Bibliothek – CIP-Einheitsaufnahme

In 80 Tagen um die Welt / Jules Verne. Nacherzählt von Max Kruse.
Ill. von Charlotte Panowsky. – Wien; München:
Betz, 1992
(Bibliothek der Kinderklassiker)
ISBN 3-219-10528-9
NE: Kruse, Max; Panowsky, Charlotte; Verne, Jules: In 80 Tagen um die Welt

B 629/1
Alle Rechte vorbehalten
Umschlag, Illustrationen und Layout von Charlotte Panowsky
Copyright © 1992 by Annette Betz Verlag im Verlag Carl Ueberreuter,
Wien – München
Printed in Slowenia